Bettina von Cossel

Todesspiel auf Juist

wellhöfer VERLAG

1

Samstag

Leo Marquart hegte Mordgedanken. Am liebsten hätte er allem und jedem den Garaus gemacht, angefangen vom Wind, der ihn von der Meerseite her attackierte, über den Sand, der durch Schuhe und Baumwollsocken zwischen seine Zehen gelangt war, bis zum lohnenswertesten Mordopfer schlechthin: seiner Haushälterin, die ihm den Braten eingebrockt hatte. Einmal mehr verfluchte er den Moment, an dem er auf die Schnapsidee gekommen war, sie einzustellen. Keuchend kämpfte er sich den Strand entlang, wie immer, wenn er sich abregen musste. Er konnte schon nicht mehr zählen, wie oft das in den letzten Tagen vorgekommen war.

„Hätten Sie etwas dagegen, wenn ich eine kleine Kulturreise nach Frankreich unternähme?", hatte sie ihn vor ein paar Monaten beim Abendessen gefragt. Überbackene Nordseekrabben hatte es damals gegeben, dazu einen knackigen grünen Salat. „Die Schlösser an der Loire interessieren mich seit Langem und in Hamburg gibt es diesen günstigen Busreiseveranstalter ..."

Natürlich hatte er nichts dagegen gehabt, den alten Drachen für eine Weile loszuwerden. Im Gegenteil, sein Herz hatte einen kleinen Freudensprung gemacht, als sie mit ihrem Reisekoffer die Fähre nach Norddeich bestiegen und ihn für wunderbare zwei Wochen allein auf Juist zurückgelassen hatte. Mein Gott, wie hatte er die Zeit genossen. Seinen neuesten Kriminalroman, der vor dem Abgabetermin beim Verlag den letzten Schliff bekommen musste, hatte er bald überarbeitet, dann war Freiheit angesagt. Schlafen, so lange er wollte, Bier aus der Flasche, ungemachte Betten. Kurzum: Endlich keine Frau im Haus, bis auf Laura, eine anschmiegsame Brünette aus Niederbayern, die ihm eines Abends in der *Spelunke* buchstäblich in den Arm gefallen war. Dort war sie bis zu ihrem Ferienende hängengeblieben, hatte ihm den grauen März versüßt und ihn so geliebt wie er war.

Als Margana Donata Victoria Baronin Nobel von Nobelsdorff-Felsenstein-Hochburg, kurz „die Baronin" genannt, schließlich von ihrem Ausflug nach Frankreich heimkehrte, waren sie beide befriedigt gewesen. Er sexuell, sensuell und überhaupt, sie kulturell. So entspannt hatte er sie noch nie erlebt. Die Reise hatte ihnen beiden gut getan.

„Gut, dass ich wieder hier bin", bemerkte sie augenzwinkernd und band sich die Schürze um. „Hier sieht's aus wie bei Hempels hinter'm Herd, aber das kriegen wir schon wieder hin."

Leo Marquart, der sich innerlich bereits auf Gekeife vorbereitet hatte, konnte es kaum glauben. Hatte da nicht sogar ein feines Lächeln um ihre Mundwinkel gezuckt?

Höchst friedlich hatten sie die nächsten drei Monate verbracht, fast wie ein altes Ehepaar, und er hatte Gott jeden Tag aufs Neue für diese wunderbare Harmonie gedankt, die sich wie eine kuschelige Decke über das Haus gelegt hatte. Bis eines Abends das Telefon klingelte und die Idylle zerplatzte wie eine Seifenblase im Nordseewind.

Er las gerade einen Thriller, als die Baronin verlegen hüstelnd zu ihm ins Wohnzimmer trat – überhaupt nicht ihr sonstiges forsches Selbst. Sofort klingelten bei ihm alle Alarmglocken: Sie wollte etwas von ihm.

„Sie erinnern sich doch, dass ich im Frühjahr diese Reise an die Loire gemacht habe …"

Selbstverständlich erinnerte er sich. Sein mulmiges Gefühl wurde stärker und instinktiv verspannte sich sein Nacken. So ähnlich musste sich ein Kaninchen fühlen, bevor der Magier es in seinem Zylinder verschwinden ließ. Manche Ereignisse warfen ungute Schatten voraus.

Nach einer reichlich umständlichen Einleitung kam sie schließlich auf den Punkt: Dorle Schramm, eine Reisebekanntschaft, wollte zu Besuch kommen. Für drei oder vier Wochen und am liebsten ab morgen.

„Wenn es kein Notfall wäre, würde ich nicht fragen. Die Ärmste konnte gar nicht aufhören zu weinen." Sie machte ein Gesicht, als wolle sie selbst gleich in Tränen ausbrechen. „Stellen Sie sich vor, ihr Lebensgefährte hat eine Geliebte, eine Jüngere, und nun weiß sie nicht, wohin. Bei dem Schuft will sie nicht bleiben und zur Familie ihrer Schwester möchte sie auch nicht. Ich habe Angst, sie geht ins Wasser ..."

Er hatte keine Ahnung, wie die Baronin auf die Idee kam, dass ausgerechnet Juist ein sicherer Zufluchtsort für Leute war, die sich ertränken wollten. Mehr Wasser als hier konnte man kaum finden, aber wer widersprach schon einer Aristokratin mit sieben Zacken in der Krone? Gegen weibliche Logik war sowieso kein Kraut gewachsen. Ergeben nickte er mit dem Kopf und gab sich der Hoffnung hin, dass diese ominöse Frau Schramm schnell über den untreuen Lebensgefährten hinwegkommen würde. Hauptsache, sie ließ ihn in

Ruhe und vermieste ihm den Sommer nicht mit tränenreichen Szenen.

Umsonst gehofft. Vier Tage waren seit der Ankunft der Reisebekanntschaft verstrichen und seitdem war zu Hause nichts mehr, wie es sein sollte. Dorle Schramm hatte sich als frühzeitig pensionierte Sachbearbeiterin aus Leer herausgestellt, eine nervtötende Quasselstrippe in unförmigen Shorts und ausgetretenen Gesundheitslatschen. Noch dazu benutzte sie eins dieser aufdringlichen Billigparfums, von denen man trotz der frischen Nordseebrise Kopfweh bekam, und, noch schlimmer, sie behandelte ihn wie ein Kind. Mit der seligen Ruhe war es vorbei.

Auch von der Baronin fühlte er sich betrogen: Kaum hatte ihre Freundin das Gästezimmer bezogen, war sie in die Rolle der Hausherrin geschlüpft.

„Nimm Platz, meine Liebe", hatte sie in unerhört süßer Tonlage geflötet und auf sein Lieblingssofa gedeutet. „Fühl dich ganz wie zu Hause."

Dorle Schramm hatte sie beim Wort genommen. Egal, wohin Leo Marquart sich zurückziehen wollte, die neue Mitbewohnerin war bereits da. In die weichen Kissen seiner Couch versunken, Tee trinkend in der blau gekachelten Wohnküche oder, wie heute morgen, in seinem Badezimmer.

Wütend kickte er einen Stein durch den Sand. Es sei nicht ihre Schuld, hatte diese Dorle dreist durch die verschlossene Tür verkündet. Man wolle sich schließlich auch mal in der Wanne aalen und das Gästezimmer habe nur eine Dusche. Gerne hätte er zurückgefeuert, dass er sich an Stelle ihres Lebensgefährten auch eine andere gesucht hätte, aber er hatte die Antwort geschluckt. Statt dessen joggte er nun seine Wut am Strand ab.

Langsam beruhigten sich seine blankgelegten Nerven, sein Atem ging wieder im Gleichschlag mit dem rhythmischen Klopfen seines Herzens. Immer wieder aufs Neue war er über die beruhigende Wirkung des morgendlichen Strandlaufs erstaunt. Wie von Zauberhand war der ungebetene Gast in seiner Badewanne vergessen und sein Kopf wieder klar für die schönen Seiten des Lebens. Die Muscheln zu seinen Füßen, die leichten Schaumkronen, die das Meer ans Ufer schwappte, Fußabdrücke im Sand …

Ein Stück vor sich bemerkte er eine Frau, die mit einem großen schwarzen Hund den Strand entlanglief. Ihr flammend rotes Haar wehte leicht in der Brise und verlieh ihr einen Hauch von Verruchtheit. Wie dieses Bondgirl, diese Russin mit der tizianroten Mähne. Liebesgrüße aus Juist.

Deine Fantasie geht mal wieder mit dir durch, schalt er sich selbst, aber was konnte er dafür, dass er beim Anblick von rotem Haar sofort an das Eine denken musste? Er war nicht der einzige Mann auf der Welt, dem das so ging.

„Mit der würde ich gerne mal 'ne heiße Nacht verbringen", hatte erst gestern einer der Gäste in der *Spelunke* gesagt, der neben ihm an der Theke gesessen und einen ziemlich angetrunkenen Eindruck gemacht hatte. „Mona heißt sie. Die Kleine ist Haushaltshilfe bei den Kroegers und affenscharf."

„Von uns Juistern will die nichts wissen", hatte der Fettwanst daneben gegrinst und einen weiteren Korn bestellt.

„Wieso?“

„Die macht einen großen Bogen um uns. Hast du die schon mal hier in der Kneipe erlebt oder überhaupt im Ort?“

Der andere schüttelte mit dem Kopf.

„Na also. Wirft sich ganz schön in Schale, wenn sie auf Tour geht. Drei Zentimeter Make-up, bauchfrei und dazu das rote Haar. Ich hab ein paar Mal gesehen, wie sie so an den Strand geht. Dahin, wo die Touristenpartys steigen.“ Fast schon wehmütig guckte der Dicke in sein Glas. „Urlauber müsste man sein.“

Falls die Frau mit dem Hund tatsächlich die Haushaltshilfe der Kroegers war, so lief sie jetzt jedenfalls nicht bauchfrei herum. Stattdessen trug sie eine Jeans nebst blau-weiß gestreifter Bluse sowie einen lässig um die Schultern geschlungenen Pullover. Eine Symphonie in den typischen Farben des Meeres, nur dass das Meer heute grau war; ein Spiegelbild des wolkenverhangenen Himmels, der darüber schwebte. Leo Marquart seufzte. Grau wie seine Stimmung, wenn er an drei weitere Wochen mit Dorle Schramm dachte.

Die Rothaarige pfiff den Hund zu sich, den sie gegen die Vorschriften frei laufen gelassen hatte, leinte ihn an und wandte sich vom Strand in Richtung Dünen. Jenseits des Strandabgangs *Goldfischteiche* waren Hunde nicht erlaubt, mit oder ohne Leine. Einer der Badegäste würde sie bestimmt verpfeifen, deshalb probierte sie es gar nicht erst. Marquart wunderte sich, dass es noch so leer war. In einer Stunde würde es hier von Familien und Sandburg bauenden Kindern wimmeln. Bei Sonnenschein war der Badestrand natürlich sowieso *das*

Ziel aller Inselgäste, aber selbst ein verhangener Morgen wie der heutige änderte daran nicht viel. Interessante Steine und Muscheln ließen sich bei jedem Wetter finden und eine leichte Brise bedeutete, dass bald hübsche bunte Drachen am Himmel flatterten.

Leo mochte den Juister Sommer, wenn die Insel von Touristen bevölkert war. Sie füllten Kneipen und Strände, hielten kurze Schwätzchen mit den Einheimischen und brachten Leben und Lachen nach Töverland, allerdings auch so manchen unangenehmen Gast. Dorle Schramm, zum Beispiel, die sich wahrscheinlich noch immer in seiner Wanne aalte.

Er würde sich nicht wundern, wenn der mal jemand den Hals umdrehte.

2

Einen so schönen Hund hatte Jens Heilmann noch nie gesehen und eine dermaßen auffällige Rothaarige auch nicht. Fasziniert hielt er die Luft an und saugte das Bild, das sich ihm bot, genüsslich ein. Das Haar, das sich flammend vom Grau des Himmels abhob, eine Figur, von der ein Mann nur träumen konnte, daneben das elegante, rabenschwarze Tier – *Mann oh Mann!* Heilmann hatte ein Auge für Frauen.

Charlotte, seine Ehefrau, war ebenfalls ein Hingucker, die attraktivste Frau der Insel, wie er fand, aber mittlerweile hatte er sich an ihren Anblick gewöhnt wie an einen guten Wein, den man gern und regelmäßig genießt, aber auch mal für eine neue Sorte getauscht hätte. Tatsächlich hatte er in den letzten Jahren ab und zu bereits etwas fremde Kost genascht, kleine Häppchen zwischendurch, sozusagen, aber Charlotte war die Eine, die ihn glücklich machte. Seine gelegentlichen Flirts bestätigten ihm lediglich, dass er mit Ende vierzig immer noch bei den Frauen landen konnte. Eine rote Hexe war allerdings noch nicht dabei gewesen.

Heilmann schlenderte zu seinem Fahrrad, das locker an der Hauswand lehnte, und schob es in Richtung Straße. In wenigen Schritten würde ihn die Rothaarige mit dem Hund passieren. Genau so einen hatte seine Frau sich von ihm gewünscht, wieder und wieder hatte sie das Thema angeschnitten, aber da er nur mit halbem Ohr hingehört hatte, konnte er sich nicht an den Namen der Rasse erinnern. Ein wirklich außergewöhnliches Tier, wie er fand, eine Art Irish Setter in schwarz, und genau das richtige Besänftigungsgeschenk, jetzt, da Charlotte ihn verdächtigte, eine andere zu haben. Dummerweise hatte sie sich dermaßen in ihre fixe Idee verrannt, dass sie sogar überlegte, ihn zu verlassen. Dabei waren ihre Vorwürfe reichlich aus der Luft gegriffen. Er wäre bestimmt nicht so dumm, sich mit einer festen Freundin zu belasten, und sein letzter kleiner Ausrutscher war auch schon eine Weile her. Trotzdem hing nun der Haussegen schief und zwar mächtig.

Die einzige wirkliche Geliebte, die er neben Charlotte hatte, war Göttin Fortuna, die ihn auf den falschen Pfad gelockt hatte. Das Unglück hatte während des Winters begonnen, als er nicht viel zu tun hatte und es auch keine schnuckeligen Sonnenanbeterinnen zu bewundern gab. Zuerst hatte er aus Langeweile nur ein paar Münzen in den Spielapparat im *Alten Kapitän* geworfen; das

Rückgeld, das der pockennarbige Wirt ihm mit seinem Pils über den Tresen geschoben hatte. Überraschenderweise hatte er gewonnen. Den ganzen Abend lang, bis er mit wohlgefüllten Taschen und in bester Stimmung nach Hause gekehrt war. Anfängerglück, hatte er gedacht und am kommenden Tag weitere Münzen eingeworfen, aber es war so weitergegangen. Bis die Wende kam. Er hatte verloren. Erst einmal, dann wieder, dann ständig. Nach und nach hatte er seine gesamten Ersparnisse verloren, schlimmer noch, ihre gemeinsamen Ersparnisse, und Charlotte hatte keine Ahnung von der Misere. Aus der Not heraus verbrachte er mehr und mehr Zeit beim Spielen, im *Alten Kapitän* oder woanders, damit es den anderen Juistern nicht so auffiel. Es hätte ihm gerade noch gefehlt, dass die das mitkriegten. Aber was blieb ihm anderes übrig? Er musste das Geld zurückgewinnen. Die Lage wurde immer prekärer. Sein Verdienst als freiberuflicher Werbetexter war nur ein Tropfen auf den heißen Stein. Schon längst arbeitete er kaum noch. Wer wollte schon für ein paar Kröten texten, wenn in Automaten Tausende darauf warteten, von ihm gewonnen zu werden?

„Deutschland tief in der Wirtschaftskrise“, las er Charlotte aus der Zeitung vor, wusste aber, dass viele seiner Auftraggeber sein mangelndes Interesse gespürt und zu anderen Werbetextern gewechselt hatten. Nicht nur sein Job begeisterte ihn nicht mehr, selbst der Sex war nicht mehr wie früher. Nur ungern gestand er sich ein, dass die flackernden Lämpchen der Spielautomaten ihn stärker erregten als Charlotte in Strapsen.

Wie man es drehte oder wendete, seine Frau durfte nichts von der misslichen finanziellen Situation merken. Das würde sie auch nicht, denn bald hatte er die Automaten besiegt und das verlorene Geld zurückgewonnen, plus das Vermögen, das die blinkenden Tresore außerdem ausspucken würden. Nur dumm, dass er zu oft mit fadenscheinigen Erklärungen außer Haus gewesen war; deshalb dachte Charlotte nun, er hätte eine andere. Seine Weigerung, sein amouröses Abenteuer einzugestehen oder das Thema zu diskutieren, hatte sie als Schuldgeständnis missdeutet, typisch Frau eben, und nun stand er vor der Aufgabe, sie wieder zu beschwichtigen.

Hinter sich hörte er Schritte. Er blickte kurz über seine Schulter. Die Rothaarige war fast auf gleicher Höhe mit ihm, aber scheinbar nicht auf ein Schwätzchen eingestellt. Zumindest guckte sie gar nicht erst in seine Richtung. So einfach wollte er sie nicht davonkommen lassen.

„Schönes Tier." Er trat ihr in den Weg und schenkte ihr ein strahlendes Lächeln. „Meine Frau hat ihn schon ein paar Mal gesehen und möchte jetzt genauso einen. Könnten Sie mir sagen, was das für eine Rasse ist?"

Sie blickte ihm ins Gesicht, einen Anflug von Unruhe in den Augen. „Natürlich." Ihre Finger umkrampften die Hundeleine. „Es ist ein Flatcoated Retriever." Ohne ein weiteres Wort eilte sie in Richtung Ort, den Hund an ihrer Seite.

Jens Heilmann blickte ihnen nach, bis sie hinter einer Kurve verschwunden waren. Kühl wie die Nordsee, die Kleine. Er war nicht sicher, wer ihn mehr beeindruckt hatte, das Tier oder die Frau mit dem flammendroten Haar.

Er lächelte. Rot fehlte noch in seiner Sammlung.

3

Erschöpft richtete Leo Marquart sich auf. Er hatte seinen Lauf unterbrochen und Liegestützen gemacht. Heute war ihm jede Ausrede recht, um nicht sofort nach Hause zu müssen, trotz der Aussicht auf ein leckeres Frühstück. Dorle Schramm hatte es fertiggebracht, dass er sich in seinen eigenen vier Wänden nicht mehr wohlfühlte.

Nach all dem Sport fühlte er sich erhitzt. Am liebsten hätte er sich in die Fluten gestürzt, aber sein Handtuch hing im Badezimmer, wahrscheinlich mittlerweile als Turban um Dorles nasse Haarpracht geschlungen. Wer wusste, was sie außer seiner Badewanne noch alles benutzte, heimisch wie sie sich bei ihm fühlte? Eine unangenehme Vision machte sich vor seinem geistigen Auge breit: Dorle, die nach seinem Rasierer griff, um ihre Achselhöhlen ...

Elende Fantasie. Mit Sicherheit war sein Gast längst aus dem Badezimmer heraus, hatte ihr eigenes Handtuch benutzt und seinen Rasierer nicht einmal angesehen. Schluss mit dem Unsinn! Fürs Krimischreiben war seine überschäumende Vorstellungskraft zwar ein Segen, im Alltag hatte er sich dagegen schon manches Mal gewünscht, etwas weniger davon zu besitzen.

Grübelnd joggte er weiter in Richtung Strandabgang *Goldfischteiche*. Ob er Dorle Schramm gegenüber ungerecht war? Er sollte eigentlich froh sein, wenn Besucher sich bei ihm wohl fühlten. Stattdessen hatte er ein langes Gesicht gezogen, wenn Dorle auch nur ins Zimmer kam. Hand aufs Herz, was war schon so schlimm daran, dass sie gern auf seinem Lieblingssofa saß? Erstens konnte sie nicht ahnen, dass dies sein Stammplatz war, und zweitens hatte sie lediglich erkannt, was er längst wusste: Dort war es am gemütlichsten. Auch das Bedürfnis, sich ab und zu im Badeschaum zu aalen, kannte er bestens. Warum sonst hatte er das Bad mit der Wanne für sich reserviert?

Im Grunde hatte sie lediglich den gleichen Geschmack wie er selbst, eine Art doppeltes Lottchen, Spiegelbild, Mini Me ... wie immer man es nennen wollte. Nur, dass sie immer bereits vor Ort war, wenn er auftauchte, wie Hase und Igel. Vielleicht sollte er ein paar Tage lang versuchen, sie auszutricksen? Morgens ein wenig früher ins Bad gehen, zum Beispiel, oder demonstrativ ein aufgeschlagenes Buch auf das Sofa legen, zum Zeichen, dass er nur mal kurz aufgestanden war und gleich wiederkommen würde. Wie ein Urlauber, der in Herrgottsfrühe die besten Plätze am Strand mit Handtüchern reservierte und dann wieder zu einem gemütlichen Frühstück mit Frau und Kind ins Hotel zurückkehrte.

Zufrieden mit seinen Vorsätzen trabte er die Straße entlang. Erneut tauchte der flammende Rotschopf dieser Mona vor ihm auf, höchstens vierzig Meter entfernt, daneben ein Mann, der sich bei näherer Betrachtung als Jens Heilmann herausstellte. Interessiert beobachtete Marquart, wie die beiden sich kurz unterhielten und Heilmann der Rothaarigen anschließend nachstierte, bis sie hinter der nächsten Kurve verschwunden war. Hatte der etwa ein Auge auf das Mädchen geworfen? Schnell verbannte Marquart die Idee. Der Mann war immerhin mit Charlotte verheiratet, dem Stern der Insel. Keine andere Juisterin war annähernd so hinreißend wie sie. Nur ein Idiot würde einem solchen Juwel untreu werden, und dennoch ... viel zu Hause war Jens Heilmann gerade nicht, so oft, wie man den in den verschiedensten Kneipen antraf. Meist mit einem Pils in der Hand vor einem der Spielautomaten. Und wo es Bier, Männer und Nordseegemütlichkeit gab, gab es auch attraktive Frauen.

Seine Einbildungskraft machte ihn fertig. Jetzt hatte er dem armen Mann quasi ein Verhältnis angedichtet, nur weil er einer auffällig attraktiven Rothaarigen nachgeguckt hatte. Als ob er da selbst nicht hingeguckt hatte.

Sein schlechtes Gewissen meldete sich zu Wort. Erst war er ungerecht zu Dorle Schramm, und jetzt auch noch das! Um die Sache wieder wettzumachen, würde er Jens Heilmann einen Auftrag geben, beschloss Leo Marquart spontan. Er brauchte sowieso Flyer für seinen gerade erschienenen Kriminalroman. Sein Verleger würde bestimmt Verständnis zeigen, wenn er selbst einen Werbetexter an Land zog. Nicht, dass dieser Heilmann besonders gut in seinem Fach war, zumindest war sein Ruf nicht gerade der beste, aber was konnte man bei einem Flyer schon groß falsch machen? Außerdem war es immer gut, das Geschäft seiner Mit-Juister zu unterstützen.

Bester Stimmung joggte Marquart in den Ort, um die knusprigen Frühstücksbrötchen zu kaufen, die er so gern aß. Jede Wette, dass die Dorle Schramm auch schmecken würden.

4

Ärgerlich zog Charlotte Heilmann die Augen zu Schlitzen zusammen. Nichtsahnend hatte sie aus dem Fenster geguckt, um zu prüfen, wie das Wetter war, und das Erste, auf das ihr Blick fiel, war ihr Mann im Gespräch mit dieser Rothaarigen. Sie hatte es gewusst, er hatte eine Geliebte! Sogar hier am Haus besuchte sie ihn schon.

Die Frau draußen eilte weiter, schlank und langbeinig, wie Jens es mochte, ihren Hund, einen Traum von einem Flatcoat, dicht neben sich an der Leine. Sie musste geahnt haben, dass sie beobachtet wurde, und tat nun so, als sei sie eine harmlose Spaziergängerin, die zufällig hier vorbeilief. Doch Charlotte hatte genau gesehen, wie sie Jens etwas zugeraunt hatte. „Bis nachher am gewohnten Platz“, wahrscheinlich oder etwas in der Art.

Nun starrte er ihr auch noch nach wie ein liebestoller Dackel, bis sie verschwunden war. Tränen schossen Charlotte in die Augen. Ihr selbst sah Jens schon seit Jahren nicht mehr sehnsüchtig hinterher, egal wie sie sich anstrengte. Reizwäsche, teure Parfums, zärtliche Musik ... nichts brachte seine Augen zum Leuchten wie damals, als er noch frisch in sie verliebt war. Wie lange hatte sie gehofft, dass sie beide sich wieder finden würden, dass die Flamme der Leidenschaft wieder aufflackerte, aber dann hatte Jens begonnen, immer öfter aus dem Haus zu gehen. Er träfe seine Freunde, gab er vor, obwohl sie genau wusste, dass die bei sich zu Hause saßen und fernsahen, schließlich waren die Frauen seiner Freunde ihre Freundinnen. Für wie dumm hielt er sie eigentlich? Eine weitere Standardausrede war, dass er Kunden besuche, um einen Werbetext zu besprechen, dabei hatte Jens wegen der Wirtschaftskrise so gut wie keine Aufträge mehr. Ohne Frage, dahinter steckte eine Frau.

Ihr Blick fiel auf die Lederjacke, die Jens achtlos über das Treppengeländer geworfen hatte. Früher hatte er so etwas nicht getragen. Lederjacken seien ein typisches Merkmal für den Mann in der Midlife Crisis, hatte sie gelesen. Das musste der Grund sein: Jens wollte sich selbst beweisen, dass er noch bei Jüngeren ankam, dass er noch nicht zum alten Eisen gehörte. Eine Phase, hatte in dem Artikel gestanden, die genauso wieder aufhören würde, wie sie angefangen habe. Völlig natürlich im Lebenszyklus des Mannes. Der Text war darauf hinausgelaufen, dass die Ehefrau das Ganze mit mildem Lächeln beobachten solle, als sei ihr Mann ein kleiner Junge, der lernen müsse, aufs Töpfchen zu gehen. Anschließend sollte sie ihn dann, trotz jeder Menge Ausrutscher und Rückschläge, liebevoll in die Arme schließen als sei nie etwas gewesen.

Klar, dass das ein Mann geschrieben hatte, der höchstwahrscheinlich gerade selbst die Midlife Crisis durchlebte. Irgendwie steckten sie alle unter einer Decke, die Kerle. Ihre Großmutter fiel ihr wieder ein. Was hatte sie immer gesungen?

„Die Männer sind alle Verbrecher, ihr Herz ist ein finsteres Loch, hat tausend verschied'ne Gemächer, aber lieb, aber lieb sind sie doch."

Ja, das war es gewesen, das Lieblingslied der alten Dame. Aber hieß das auch, dass sie ihrem Mann alles verzeihen musste, sogar ein Verhältnis mit einer Rothaarigen, direkt vor ihrer Nase?

Seufzend legte sie ihren Bademantel ganz oben in den Koffer. Heute Abend nahm sie die Fähre rüber nach Norddeich, von dort ging's mit dem Zug weiter in den Schwarzwald. Zwei Wochen Schönheitsfarm warteten auf sie, zwei Wochen, auf die sie sich seit Ewigkeiten gefreut und für die sie ebenso lange gespart hatte. Jetzt, als es soweit war, war ihr plötzlich gar nicht mehr nach Schwarzwald zumute. Ihr Herz zog sich bei dem Gedanken zusammen, Jens allein mit dieser rasanten Frau auf Juist zurückzulassen. Sie wollte gar nicht erst anfangen, sich auszumalen, was die beiden während ihrer Abwesenheit alles miteinander treiben mochten. Eigentlich sollte sie hierbleiben und ihr Terrain verteidigen wie eine Löwin, dennoch täte ihr die Reise gut. Einfach mal weg von der Insel, weg von Jens, weg von ihren Eheproblemen.

„Bei uns können Sie Ihre Seele baumeln lassen", hatte der Prospekt versprochen, „und inmitten herrlichster Landschaft Schönheit tanken."

Bei Waldspaziergängen würde sie auf andere Gedanken kommen, entspannt die Beauty-Anwendungen genießen und sich durch nichts und niemanden die Laune verderben lassen. Von dieser rothaarigen Tussi schon gar nicht. Anschließend würde sie Jens gegenübertreten, so schön, dass es ihm den Atem verschlug, und mit ihm Tacheles reden.

Ja, lächelte sie und klappte den Koffer zu. Genauso würde sie es machen.

5

„Die Brötchen sind wirklich köstlich", bemerkte Dorle Schramm mit vollem Mund und griff bereits zum nächsten, das knusprig im Körbchen auf dem Frühstückstisch ruhte. „Es geht doch nichts über ofenfrische Qualität."

Du lieber Himmel, sie redete wie ein wandelnder Werbeslogan. Leo Marquart lächelte in sich hinein. Nachdem er nun erkannt hatte, dass sein Gast ähnliche Vorlieben hatte wie er selbst, sollte es ein Leichtes sein, sie von Zeit zu Zeit loszuwerden. Er musste ihr lediglich alles vorschlagen, was ihm ebenfalls Spaß gemacht hätte, und dann selbst darauf verzichten. So wäre sie dort und er hier, so der Plan. Jetzt musste er nur noch probieren, ob es funktionierte.

Mittlerweile war das Gespräch auf andere Backwaren gekommen.

„Der Juister Rosinenstuten ist der beste der Welt", säuselte die Baronin über ihre Teetasse hinweg. „In den nächsten Tagen sollten wir unbedingt den Strand entlang zur Domäne Bill wandern und uns ein großes Stück genehmigen. Mit Erdbeermarmelade schmeckt er besonders gut."

Interessiert spitzte Leo Marquart die Ohren. Falls Dorle Schramm mitwanderte, wäre er die beiden einen geschlagenen Nachmittag lang los. Schon mal ein guter Anfang.

Zu seiner Freude war sie Feuer und Flamme. „Eine fabelhafte Idee, liebe Margana. So ein Strandlauf sei wunderbar für die Füße, sagt mein Fußpfleger. Das beste Peeling für die Hornhaut ..."

Grundgütiger. Nun hatte diese Person es tatsächlich geschafft, ihm den Appetit auf sein Frühstück zu verderben. Ungläubig starrte er auf das Honigbrötchen in seiner Hand, dessen leicht gebräunte Oberfläche plötzlich eine verdächtige Ähnlichkeit mit der krustigen Hornhaut aufwies, die er an Dorle Schramms Fußsohlen vermutete.

„Dabei fällt mir ein, dass ich noch keinen Strandkorb gemietet habe", fuhr sie fort. „Wollen wir das heute Nachmittag erledigen, Margana? Und anschließend könnte mir ein kleiner Bummel durch den Ort gefallen."

„Gerne", stimmte ihre Freundin ein. „Bei der Gelegenheit gehen wir dann gleich in den *Frischemarkt* in der Friesenstraße. Es ist kaum noch etwas zu essen im Kühlschrank und einen Nachschub an Bier und Apfelsaft könnten wir auch gebrauchen."

In wessen Magen die Vorräte aus dem Kühlschrank geblieben waren, konnte Leo Marquart sich lebhaft vorstellen. *Keine Gehässigkeiten, bitte,* warnte sein Gewissen. Schließlich war Dorle gerade erst von ihrem Lebensgefährten sitzengelassen worden, da aß man aus Frust schon mal ein wenig mehr. *Außerdem macht die Seeluft hungrig und das Bier hast du selbst geschluckt.*

Aus Frust, rechtfertigte er sich selbst.

Genau wie Dorle Schramm.

Geknickt biss Marquart in sein Honigbrötchen, wobei er sich zwang, nicht an verhornte Fußsohlen zu denken. Er benahm sich wie ein Idiot. Jeder Außenstehende hätte ihn beneidet, zwei reizende Damen als Gesellschaft zu haben, und er hatte nichts Besseres zu tun, als seine vermaledeite Fantasie Oberhand gewinnen und ihm das Frühstück vermiesen zu lassen. Dennoch: Der eine Ausflug an die Westseite der Insel, den die Baronin mit ihrer Freundin geplant hatte, war nicht genug, um sich den ungeliebten Gast vom Hals zu halten. Es galt, weitere Unternehmungen zu organisieren, um sie möglichst oft aus dem Haus zu locken.

Gleich nachher würde er sich darum kümmern.

Gesagt, getan. Sein erster Gang führte ihn zum Haus des Kurgastes, um sich den Veranstaltungskalender der Insel zu besorgen. Außerdem erstand er ein Exemplar der Ostfriesen-Zeitung, für den Fall, dass es auf dem Festland ein interessantes Ereignis gab, auf das er Dorle und die Baronin aufmerksam machen konnte. Schließlich setzte er sich gemütlich in ein Café am Kurplatz mit Blick auf den Schiffchenteich, bestellte einen Milchkaffee und genoss die Sonne, die es endlich doch geschafft hatte, durch die grauen Wolken zu brechen.

Mit einem „Bitte sehr" stellte die bildhübsche Bedienung die Kaffeetasse vor ihm ab. Auf die Untertasse hatte sie einen Keks gelegt, der eigentlich der Hauptgrund war, weshalb er dieses Café allen anderen vorzog. Nicht, dass es woanders keine Kekse zum Kaffee gegeben hätte, aber diese Sorte hatte es ihm angetan. Schokolade mit Haselnuss, und garantiert nicht aus der Packung.

Er zückte seinen Notizblock und einen Stift und machte sich daran, eine Liste mit lohnenden Ausflugszielen für Dorle Schramm aufzusetzen. Ein Tag im Meerwasser-Erlebnisbad gehörte unbedingt dazu, wenn man auf Juist weilte, fand er. Da die Baronin dort sowieso zur Wassergymnastik ging, konnten die beiden vielleicht zusammen gehen. Eine geführte Wanderung übers Watt musste auch sein und natürlich eine Kutschfahrt quer über die Insel. Ach ja, ein Bootsausflug zu den Seehundbänken oder zur Vogelinsel Memmert ... Er nagte an seinem Stift. Ob Dorle wohl Fahrrad fahren konnte? In diesem Fall würde er sie zu einem Fahrradverleih schicken, sodass sie die Insel per Drahtesel erkundete und abends todmüde ins Bett fiel.

Ein Plakat fiel ihm ins Auge, das für die abendlichen Strandpartys warb, die während dieses Sommers veranstaltet wurden. Das Ganze bestand mehr oder weniger aus einer strohgedeckten Bar, stimmungsvoller Musik und jeder Menge fröhlicher Leute. Der Baronin waren diese Partys ein Dorn im Auge (*„Jetzt geht's auf Juist schon zu wie auf Mallorca"*), aber er selbst wäre ganz gern mal hingegangen. Besonders mit Laura, der Brünetten aus Niederbayern, die ihm mehr fehlte als er sich selbst eingestehen wollte. Diese Woche war Thema *Hawaii* angesagt, las er. Einfacher ging's schon gar nicht mehr, sich entsprechend zu kleiden. Blumenkette, bunter Cocktail, fertig.

Ein wenig sehnsüchtig dachte Leo an die Zeit mit Laura zurück. Bei ihr hätte er nichts dagegen gehabt, sie morgens in seiner Badewanne zu finden oder in die Kissen seines Sofas gekuschelt. Aber Laura war nicht mehr hier und hing wahrscheinlich mittlerweile am Arm eines anderen. Die Vorstellung versetzte seinem Herzen einen kleinen Stich. Natürlich war er selbst daran schuld, weil er Angst vor der eigenen Courage gehabt hatte. Angst vor einer Fernbeziehung. Angst, sich zu verlieben. Ihre romantischen Mails hatte er nur wortkarg beantwortet, wenn überhaupt, sodass schließlich keine Nachrichten mehr von ihr kamen. Nun hatte er also überhaupt keine Beziehung, noch nicht einmal eine per E-Mail, und niemanden, mit dem er auf die Strandpartys gehen konnte.

Natürlich konnte er jederzeit eine andere Frau kennenlernen, aber Laura war etwas Besonderes gewesen. Eine, die man vermisste, wenn sie nicht da war. Eine, in die er sich trotz aller Vorsichtsmaßnahmen nun doch verliebt hatte, und jetzt war es zu spät. Oder nicht? Nachdenklich schlürfte er seinen Kaffee. Vielleicht war noch etwas zu retten.

Strandparty, schrieb er als weiteren Punkt auf seine Liste. Dann zahlte er und ging zum nächsten Zeitschriftenladen, um eine Postkarte für Laura zu erstehen. Schließlich fand er ein Motiv, das ihm gefiel. *Wish you were here,* stand darauf, in den Juister Sandstrand geschrieben. Auf die Rückseite malte er mit Kugelschreiber ein Herz und bohrte nach kurzer Überlegung noch Amors Liebespfeil hindurch. Dann schrieb er ihre Adresse darauf, klebte die gleich mitgekaufte Briefmarke in die rechte obere Ecke und warf die Karte in den Postkasten. Zu spät merkte er, dass er vergessen hatte, seinen Namen dazuzuschreiben, aber egal. Laura würde schon wissen, von wem das kam.

6

Halb Juist schien sich im *Frischemarkt* versammelt zu haben, jedenfalls reichte die Schlange vor der Käsetheke fast bis zur Tür. Langeweile kam allerdings nicht auf, es herrschte rege Unterhaltung. Jeder schien jeden zu kennen oder schon einmal in einem benachbarten Strandkorb gesessen zu haben. Auch die Baronin und ihre Freundin hatten bereits mehrere Bekannte getroffen.

„Hier geht's zu wie im Taubenschlag", bemerkte Dorle Schramm. „Da sag mir noch einer, das Inselleben sei öde. Wenn ich an meine Schwester und ihre Familie denke. In Hamburg wohnen die, in einem dieser grässlich anonymen Wohnblocks, wo keiner den Nachbarn kennt. Freudlos, sag ich dir. Kein Wunder, dass Roswitha so sauertöpfig geworden ist. Noch nicht mal, als ihre Tochter ..."

Ihre Ausführungen wurden von einer Männerstimme übertönt. „Könnten Sie mir bitte einen Kasten Mineralwasser und zwei Kästen Bier liefern?", rief Jens Heilmann, der vor ihnen in der Schlange stand, in sein Handy. Offenbar nutzte er die Wartezeit für eine Bestellung. „Ja, heute noch. Einfach alles in die Waschküche bringen, wie üblich. Sie wissen ja, die Hintertür in den Keller ist offen."

Dorle zog die Brauen zusammen. „Dass Männer immer so in ihr Telefon schreien müssen ...", zischelte sie. „Reines Imponiergehabe, genau wie mein Ex. Wahrscheinlich soll der ganze Laden mitkriegen, was für ein schickes iPhone er hat." Missmutig sah sie auf ihre Armbanduhr. „Jetzt warten wir schon geschlagene fünfzehn Minuten und sind immer noch nicht an der Reihe."

„Auf Juist geht alles ein wenig langsamer", beruhigte die Baronin ihre Freundin. „Stressfrei, sozusagen. Außerdem hast du Ferien."

„Da hast du auch wieder recht. Aber es ist gar nicht so einfach, abzuschalten. Nach all der Alltagshektik und dem ganzen Ärger zu Hause muss ich mich erst mal daran gewöhnen, zu entspannen."

Der Blick der Baronin fiel auf einen etwa dreißigjährigen Mann in Jeans und blauem Hemd, der unentschlossen vor den Cornflakes stand. Ihre Augen leuchteten auf. „Herr Kroeger, wie nett, Sie zu sehen." Schon eilte sie zu ihm hinüber. „Wie geht es Ihrer Frau? Hat sie sich gut eingelebt? Und was macht ihre Großtante, die liebe Frau Claasen?"

„Danke, es geht uns bestens", lächelte der Angesprochene und drückte ihr erfreut die Hand. „Ich bin so glücklich, dass wir Frau Claasens Angebot angenommen haben, in ihr Juister Haus zu ziehen. Sie können sich nicht vorstellen, wie viel besser es Lily geht, seit wir hier angekommen sind. So unternehmungslustig habe ich sie noch nie erlebt. Wir planen sogar eine kleine Reise an die Algarve, Lilys eigene Idee. Am Montag soll's losgehen."

„Wie herrlich. Das wird Ihrer Frau bestimmt gut tun, nach all den Jahren der Zurückgezogenheit. Und wer hütet den Hund?"

„Mona, unsere Haushaltshilfe, macht das bestimmt gern. Na ja, ich habe sie noch nicht gefragt, aber sie geht auch jetzt schon ab und zu mit ihm spazieren, wenn ich keine Zeit habe. Vielleicht haben Sie sie schon mal gesehen; sie hat auffällig rotes Haar, wie ein Leuchtfeuer."

Die Baronin schüttelte bedauernd den Kopf. „Nein, ich kann mich jedenfalls nicht erinnern. Allerdings hätte ich Ihren Hund erkannt, dieser Flatcoat ist ein besonders schönes Tier. Wer sich nach dem nicht umdreht ..."

Dorle Schramms lautstarkes „Margana, gleich sind wir an der Reihe", brachte sie dazu, sich zu verabschieden und wieder an die Seite ihrer Freundin zu eilen.

„Wer war denn das?", interessierte sich Dorle.

„Ich erzähle es dir gleich im Café", versprach die Baronin. Dann wandte sie sich an den jungen Mann hinter der Theke. „Zweihundert Gramm Tilsiter, bitte, und zehn Scheiben Appenzeller. Der ist doch noch im Angebot, oder?"

„Das Erdbeertörtchen war ein Gedicht", schwärmte die Baronin und legte die Kuchengabel neben den Teller. „Es gibt nichts Schöneres als in der Sonne im Café zu sitzen und den Sommer zu genießen."

„Und dabei zu tratschen", warf Dorle ein. „Erzähl doch mal, was es mit dem nett aussehenden Mann im Supermarkt auf sich hat."

„Stimmt, das hatte ich schon wieder ganz vergessen. Es ist so: Hannes und Lily Kroeger sind erst seit wenigen Wochen verheiratet. Lily ist ziemlich krank, depressiv, und kapselt sich von der Außenwelt ab. Jahrelang lebte sie allein in ihrem riesigen Haus in Hamburg, ohne je auszugehen oder Besucher zu empfangen – bis auf ihre Großtante. Beste Gegend, Elbchaussee, aber all der Reichtum nützt einem nichts, wenn man nicht gesund ist."

„Gibt es keine Medikamente dagegen?"

„Doch, aber Lily bestand darauf, ausschließlich den Hausarzt ihrer Mutter zu konsultieren, den sie seit Kindertagen kannte. Sicher keine weise Entscheidung."

„Ein alter Knacker, nehme ich an."

„Allerdings, und er konnte schon ihrer Mutter nicht helfen. Sie nahm sich das Leben, als Lily zehn war.

Schrecklich für das Kind. Seitdem kümmert sich diese Tante um sie, Frau Claasen." Die Baronin trank einen Schluck Kaffee. „Aber Lily wollte die Spezialisten nicht sehen, die Frau Claasen um Rat fragte. Noch nicht einmal eine Putzfrau ließ sie ins Haus. Sie zog sich mehr und mehr in ihre eigene traurige Welt zurück."

„Und wie kam sie dann an diesen netten Ehemann?"

„Über ihre Tante, aber frage mich nicht wie. Seit sie ihren Mann kennt, scheint es Lily viel besser zu gehen. Die Liebe, nehme ich an ... Der Tod des Hausarztes spielt sicher auch eine Rolle. Frau Claasen erzählte, dass Hannes Kroeger nun einen hervorragenden Psychiater aus Norden hinzuziehen wolle, und Lily sei einverstanden. Sie macht solche Fortschritte, dass sie sogar eine Kurzreise an die Algarve planen."

„Na ja, so schön ist die Algarve nun auch wieder nicht", brummte Dorle Schramm. „Mein Ex wollte unbedingt hin, also bin ich um des lieben Friedens Willen mitgefahren. Aber außer Hotels und lautstarken Engländern gibt's da nicht viel. Er sah's natürlich anders, wär' am liebsten gleich hingezogen ..."

„Gut, dass ihr euch getrennt habt", entschied die Baronin. „Ihr hattet völlig unterschiedliche Interessen. Je mehr du mir über eure Beziehung erzählst, desto mehr wundert es mich, dass du es überhaupt so lange mit ihm ausgehalten hast."

„Und zum Dank betrügt er mich auch noch." Beleidigt vertilgte Dorle das letzte Stück Cremetorte auf ihrem Teller. „Sollen sie selig miteinander werden und all ihre Ferien an der Algarve verbringen, mich interessiert das alles nicht mehr. Was ist? Darf ich dich zu einem weiteren Stück Kuchen einladen?"

Die Baronin nickte erfreut. „Gerne, Erdbeertörtchen mit Sahne könnte ich immerzu essen."

Ein paar Kalorien mehr oder weniger auf den Hüften würden schon nicht auffallen. Hauptsache, ihre Freundin war wieder guter Dinge und nicht so entsetzlich deprimiert wie noch vor einer Woche. Der Aufenthalt auf Juist bekam ihr sichtlich gut, genau wie Lily Kroeger. Erstaunlich, wie die klare Nordseeluft die Stimmung heben konnte. Sie hatte es schon längst geahnt: Juist war Sekt für die Seele.

7

Jens Heilmann tippte *Flatcoated Retriever* in seinen Laptop, hielt einen Moment inne und fügte dann noch das Wort *Welpen* hinzu. Wenige Sekunden später hatte er eine Auflistung aller Züchter, die gerade Welpen zu verkaufen hatten.

Irgendwie hatte er angenommen, dass er nur anrufen müsse und dann den neuen Hund sofort abholen konnte. Großer Irrtum: Entweder waren die Hündinnen gerade erst gedeckt worden und der Wurf wurde erst erwartet oder die Welpen waren bereits da, aber schon vergeben. Ein Züchter verkaufte nur an erfahrene Hundebesitzer, die bereits einen Flatcoat gehabt hatten, ein anderer setzte ihn auf die Warteliste.

„Sie sind auf Platz 11", erklärte der Mann freundlich, „aber wer weiß, wie viele Welpen unsere Amiga wirft. Beim letzten Mal waren es sieben."

Oben im Schlafzimmer hörte er Charlotte im Kleiderschrank herumwirtschaften. Sie hatte längst alles gepackt gehabt, seit Tagen schon, aber wie üblich überbekam sie fünf Minuten vor Abfahrt ihre Oh-Gott-ich-habe-die-Hälfte-vergessen-Panik, sodass sie den gesamten Kofferinhalt wieder aufs Bett gekippt und von vorne angefangen hatte. Frauen ...

Er griff zum Hörer, um den nächsten Züchter anzurufen. Wieder nichts. Diesmal hätte er zwar einen Welpen bekommen können, aber erst in fünf Wochen, und er wollte Charlotte doch bei ihrer Heimkehr aus der Schönheitsfarm mit dem Tier überraschen. Also auf ein Neues und diesmal hatte er Glück. Die Züchterin hatte tatsächlich einen Welpen übrig, eine Hündin, die bereits drei Monate alt war. Die Leute, die sie eigentlich gekauft hatten, hätten sich plötzlich umentschlossen und wollten das Tier in den nächsten Tagen zurückbringen, erklärte sie. Alle erforderlichen Impfungen seien bereits gemacht, am nächsten Wochenende könne er sie abholen. Dann hatte Charlotte die Hälfte ihres Urlaubs rum. Ideal.

Unglaublich, wie viele Fragen die Frau ihm stellte, um sicherzugehen, dass die Kleine wirklich in gute Hände kam, und worauf sie alles Wert legte. Sogar zu einem jährlichen Geschwistertreffen sollten sie anreisen, Charlotte, die Hündin und er. *Geschwistertreffen.* Was sich diese Züchter alles einfallen ließen. Seinen Hund aus Junggesellentagen, einen Rauhaardackel, hätte die kläffende Verwandtschaft bestimmt nicht interessiert. Wenn's um die Wurst gegangen wäre, schon gar nicht.

„Natürlich kommen wir gerne zum Geschwistertreffen, sehr gute Idee“, versicherte er der Frau. „Wo wohnen Sie überhaupt?“

Am Chiemsee! Auch das noch. Weiter weg ging's wohl nicht mehr und er musste vorher noch drei dringende Werbetext-Aufträge erledigen, die ihm eine glückliche Fügung des Schicksals heute Nachmittag in die Mailbox gelegt hatte. Vier, fünf Tage würde das dauern, wenn er die Sache gut machen wollte. Das Geld konnte er gut gebrauchen. Wenn er schon nach Bayern fahren musste, wäre es keine schlechte Idee, ein paar ehemalige Auftraggeber aufzusuchen und anschließend einen Trip nach Bad Reichenhall einzuplanen, um sein Glück in der Spielbank zu versuchen. Bevor er den Welpen abholte, natürlich. Wenn er morgen die Fähre nahm, konnte er bereits ab Montag seine Geschäftsbesuche machen und den Rest der Woche an den Werbetexten arbeiten. Der Spielautomat im *Alten Kapitän* lief ihm nicht weg. Auf dem Festland gab es Tausende davon.

„Gut, dann komme ich nächsten Sonntag bei Ihnen vorbei", verabredete er mit der Züchterin. „Wäre es Ihnen am Vormittag recht?"

Kaum hatte er aufgelegt, steckte Charlotte ihren Kopf durch die Tür. „Ich bin soweit. Könntest du mir bitte den Koffer auf die Karre hieven?"

Als er eine Stunde später im Hafen stand und der Fähre nachsah, die Richtung Norderney durch die Fahrrinne tuckerte, überkam ihn ein seltenes Gefühl der Wehmut. Charlotte hatte fast traurig ausgesehen, als freue sie sich überhaupt nicht auf die Zeit im Schwarzwald. Dabei hatte sie monatelang von nichts anderem als dieser Beautyfarm gesprochen. Er kratzte sich am Kopf. Verstehe einer die Frauen. Wahrscheinlich bildete er sich das auch nur ein. Entschlossen drehte er sich in Richtung Fahrkartenschalter, um das Ticket für seine morgige Reise zu erstehen.

Und anschließend, entschied er, genehmige ich mir ein Bier.

8

Der *Alte Kapitän* zeigte sich mal wieder von seiner schmuddeligsten Seite, aber das änderte nichts an der Beliebtheit der Kneipe bei den Feriengästen. Die Bruchbude sah nicht nur aus wie eine Piratenhöhle, komplett mit ausgestopftem Haifisch, der an einer rostigen Kette unter der Holzdecke schwebte, sondern stank auch so. Leo Marquart stockte kurz, als ihm die dunstige Mischung aus Rum, Zigaretten und Achselschweiß ins Gesicht schlug, dann drängte er sich zur Bar durch.

„Ein Jever und ein Schälchen Erdnüsse, bitte", bestellte er bei dem Alten hinter dem Tresen, der gelangweilt ein Stück Kautabak zwischen den Zähnen herumschob und sein persönliches Markenzeichen trug: eine Kapitänsmütze. Wahrscheinlich schlief er mit dem Ding, schätzte Marquart, zerlumpt wie sie aussah.

„Aye aye, Sir." Zackig führte der Pseudokapitän seine Hand an die Schläfe, bugsierte den Kautabak in die rechte Backe und hielt ein Pilsglas unter den Zapfhahn. Gerade als er sich ans Einfüllen machen wollte, blieb sein Blick an einem dunklen Punkt hängen, der sich über den Tresen bewegte. „Da brat mir doch einer einen Storch." Fluchend stellte er das Glas ab. „Diese verdammten Biester." Seine flache Hand schlug mit solcher Wucht auf das Holz, dass die Gläser in der Spüle aneinander klapperten.

Kakerlaken! In dieser Kaschemme war man vor keiner Überraschung sicher. Marquart war der Appetit vergangen. „Wissen Sie was: Vergessen Sie die Nüsse. Ich nehme lieber einen Korn."

„Klar doch." Der Alte fegte den zermatschten Käfer vom Tresen, spie ein bräunliches Pfützchen Spucke auf die Stelle, wo das Untier gerade noch gelegen hatte, und zückte einen Lappen. „Ein Klarer tut immer gut." Vehement rubbelte er über das Holz, betrachtete zufrieden sein Machwerk und warf das Putztuch zurück in die Spüle. „Es soll Länder geben, wo sie Insekten mit ins Glas geben. Käfer, Larven, all so was. Zuerst kippt man den Schnaps, dann isst man das Viehzeug. Sehr gesund, heißt es, und hochgradig proteinhaltig."

„Versuchen Sie lieber gar nicht erst, das hier einzuführen", grinste Marquart. „Wär' doch schade, wenn Ihr Laden wegen Kakerlaken im Vorratsschrank geschlossen werden müsste ..."

Während der Wirt einen zweiten Anlauf nahm, das Jever zu zapfen, ließ Marquart seinen Blick durch den Raum schweifen. Nicht, dass er hier jemanden erwartete, den er kannte. Die meisten Juister mieden den *Alten Kapitän* wie die Pest, aber ab und zu verschlug es doch einen seiner Bekannten hierher. Zum Beispiel solche, die ihre Ruhe haben wollten. Ihm selbst ging es nicht anders.

Während des gesamten Abendessens hatten Dorle Schramm und die Baronin darüber diskutiert, ob sie gemütlich zu Hause einen Rosamunde-Pilcher-Film gucken oder lieber ausgehen sollten. Eine Stunde später hatten sie immer noch keine Entscheidung getroffen, sodass er Nägel mit Köpfen gemacht und das Haus verlassen hatte. Das ewige Geschnatter war einfach nicht zu ertragen. Eigentlich hatte er in die *Spelunke* gehen wollen, aber jede Wette, dass die beiden Grazien kurz nach seiner Ankunft ebenfalls dort erschienen wären. So war er stattdessen hierher gekommen. In ein miefiges Loch wie dieses würde die Baronin keinen Fuß setzen.

Die fröhliche Fanfare, die der Spielautomat in der Ecke unverhofft dudelte, ließ ihn aufmerken. Das klang ganz so, als habe jemand den Jackpot gewonnen. Tatsächlich klimperte eine Kaskade von Münzen aus dem Gerät, die sich der glückliche Gewinner hastig in die Jackentasche schob. Ein weiterer Mann stand daneben und half ihm, das Geld einzusammeln. Marquart runzelte die Stirn. Die Rückenansicht der beiden kam ihm bekannt vor. War das Jens Heilmann, der da absahnte, und neben ihm Hannes Kroeger? Wenn das keine Feier wert war ...

Doch nein, der Spieler hatte noch nicht genug. Obwohl in dem Apparat kaum noch Geld stecken konnte, warf er eine weitere Münze in den Schlitz und verharrte erwartungsvoll, bis die drei Zahlenräder zum Stehen kamen. Hoffte er tatsächlich, wieder zu gewinnen?

Der andere klopfte dem Mann auf die Schulter, raunte ihm etwas zu und drehte sich in Richtung Tresen. Marquart hob grüßend die Hand. Es war tatsächlich Hannes Kroeger, der sich nun zu ihm durchdrängte.

„Mann oh Mann, dieser Jens Heilmann hat vielleicht einen Dusel. Haben Sie das gesehen? Da sind bestimmt ein paar hundert Euro rausgekommen." Kroeger grinste. „Er kann's brauchen. Morgen fährt er zu einem Züchter nach Bayern, um seiner Frau einen Hund zu kaufen, einen Flatcoated Retriever."

„So wie Ihrer?"

Kroeger nickte. „Scheinbar hat sie ihn beim Spaziergang gesehen und sich spontan für die Rasse entschieden. Es sind aber auch klasse Tiere, diese Flatcoats. Treu und immer gut gelaunt."

Mit missmutigem Blick auf Heilmann schob der Wirt Marquarts Getränke über den Tresen.

„Typisch. Er hat den Gewinn nicht mal gezählt. Jede Wette, dass der jetzt alles wieder in die Maschine steckt. Spieler sind schon ein verrücktes Völkchen."

Er wandte sich an Kroeger. „Wollen Sie auch was trinken?"

„Ein Bier, bitte, ein großes. Ich muss mich abregen."

„Wieso, was ist?" Interessiert kratzte der Alte sich hinter dem Ohr.

„Nichts Besonderes, nur ein Streit mit unserer Haushaltshilfe."

„Die Rothaarige?", fragte Marquart. „Diese Mona?"

„Ja genau. Sie ist noch gar nicht lange bei uns, schon geht das Theater los. Meine Frau und ich wollen Montag für ein paar Tage an die Algarve fahren und alles war längst mit Mona besprochen. Ich hatte nur vergessen, ihr zu sagen, dass sie sich auch um den Hund kümmern soll, und jetzt wurde sie deshalb zickig und verlangte eine saftige Gehaltserhöhung, weil in ihrem Arbeitsvertrag von Tieren nicht die Rede sei."

„Weiber", brummte der Wirt und stellte das Bier auf die Bar. „Am besten, man lässt sich gar nicht erst mit ihnen ein."

„Und? Geben Sie ihr mehr Geld?"

„Natürlich nicht." Ärgerlich hob Kroeger sein Glas. „Wenn ich mich einmal darauf einlasse, kommt sie immer wieder mit neuen Forderungen."

„Meine Rede", tönte der Alte. „Die Weiber sind unersättlich. Ständig wollen sie was Neues, mehr und mehr. Wir Kerle sind doch keine Goldesel."

„Auf jeden Fall ist Mona wütend abgerauscht. Zu einer Strandparty, nehme ich an, aufgetakelt wie sie war." Kroeger verdrehte die Augen. „Bis morgen hat sie sich wieder beruhigt, hoffe ich. Es wäre wirklich ärgerlich, wenn unser Kurztrip deswegen ausfallen müsste. Lily hat sich schon so darauf gefreut, ihre erste Reise seit Jahren."

Von Frau Claasen, Lilys Großtante, hatte Leo Marquart schon viel über die junge Frau gehört, über ihr liebenswertes Wesen, ihre Schönheit, ihre Depression. Auch das warme Lächeln in Kroegers Augen spiegelte die Liebe für diese Frau wider, die eine ganz außergewöhnliche Persönlichkeit sein musste, wenn auch zart und zerbrechlich.

„Wenn es hart auf hart kommt", versprach Marquart, „können Sie mit mir rechnen: Ich passe sehr gerne auf Ihren Hund auf."

„Herzlichen Dank", lächelte Kroeger. „Das ist wirklich nett von Ihnen, aber ich glaube, das wird nicht nötig sein. Bis morgen hat sie sich bestimmt wieder beruhigt."

„Ihr Wort in Gottes Ohr", ließ sich der Möchtegernkapitän vernehmen und schob sich ein neues Stück Kautabak in den Mund. „Wenn diese Mona auch nur halbwegs so zäh ist wie meine Alte, dann gibt sie keine Ruhe, bis sie kriegt, was sie will."

Kroeger zuckte die Schultern. „Es wird schon schiefgehen, deshalb verbringe ich jetzt keine schlaflose Nacht.“ Er leerte sein Glas und legte das Geld auf den Tresen. „Also dann, schönen Abend ...“

Ein Blick auf die Uhr verriet Marquart, dass der Rosamunde-Pilcher-Film mittlerweile beendet sein musste. Die Baronin hatte ihm versprochen, dass er das Wohnzimmer ab zehn Uhr für sich haben würde, er konnte also getrost den Heimweg antreten. Während der Korn ihm brennend die Kehle hinunterlief, verwarf er die flüchtige Idee, auf ein Schwätzchen zu Jens Heilmann hinüberzuschlendern, der nach wie vor den Automaten fütterte. Konzentriert wie der spielte, hatte er sowieso keine Lust auf Unterhaltung.

Dann machte er sich auf den Heimweg.

9

Sonntag

Erleichtert verließ Leo Marquart die Kirche und blinzelte in die Sonne. Endlich frische Luft. Der Gottesdienst hatte ewig gedauert, jedenfalls war es ihm so vorgekommen. Kein Wunder, der heutige Gastpfarrer war so ziemlich der eintönigste Prediger, der ihm je untergekommen war. Auch die Lieder hätten nicht deprimierender sein können. Die Gemeinde, die dieser Langweiler sonst heimsuchte, war bestimmt froh, den Mann für ein Wochenende losgeworden zu sein.

„Unglaublich, wie jemand geschlagene zwanzig Minuten über etwas salbadern kann, was er auch in zwei Minuten hätte sagen können“, empörte sich Dorle Schramm, die soeben Arm in Arm mit ihrer Freundin zu ihm trat. „Ich dachte schon, er würde nie aufhören.“

„Das Thema war aber interessant“, schwächte die Baronin ab. „Dass man seine verlorenen Sachen suchen soll, bis man sie findet.“

Marquart biss sich auf die Unterlippe, er sollte jetzt besser nichts Gehässiges sagen. Vielleicht nahm sie sich die Predigt zu Herzen und suchte tatsächlich einmal überall im Haus nach seinen verschwundenen Socken, die irgendwo herumliegen mussten.

Am Portal sah er den Pfarrer stehen, der sich an Hannes Kroeger gehängt hatte und nun ohne Punkt und Komma auf ihn einschwatzte, wahrscheinlich bis zum Sankt Nimmerleinstag. Bei jedem Wort wippten die dunklen Löckchen, die ihm in die Stirn und über die Ohren fielen, zustimmend mit. Eine Möwe, die sich auf dem Kirchendach niedergelassen hatte, beäugte seinen Haarschopf interessiert von oben. Marquart schmunzelte. Ob sie dort nisten wollte? Er hob die Hand und winkte Kroeger vehement zu sich herüber, als habe er etwas Dringendes mit ihm zu besprechen, so deutlich, dass selbst der Pfarrer das mitbekam und sein Opfer freiließ. Sichtlich erleichtert flüchtete Kroeger in Marquarts Richtung.

„Danke für die Rettung, dieser Mann redet wie ein Wasserfall.“ Kroeger lächelte ihn schief an. „Ich hatte sowieso gehofft, Sie zu sprechen. Mona, unsere Haushälterin, ist nämlich heute Nacht nicht nach Hause gekommen und telefonisch kann ich sie nicht erreichen.

Jetzt weiß ich nicht, was Sache ist. Ist sie womöglich abgehauen, weil wir doch gestern diesen Krach hatten, oder hat sie bei jemandem übernachtet? Es kann tausend Gründe geben, aus denen sie nicht heimgekommen ist, aber dies ist das erste Mal, sie ist noch nie weggeblieben. Sie muss ernsthaft verärgert sein. Ich sehe deswegen schon unsere Reise platzen, dabei freut Lily sich so darauf."

„Keine Sorge, mein Angebot steht. Ich hüte wirklich gerne Ihren Hund, wenn's hart auf hart kommt", beruhigte ihn Marquart.

„Aber nicht bei Ihnen im Haus, oder?" Dorle Schramm machte ein entsetztes Gesicht. „Ich bin nämlich allergisch. Mich juckt es schon, wenn ich nur an Hunde denke."

Auch das noch. Daran, dass sein Gast keine Hundefreundin sein könnte, hatte Marquart nicht gedacht. „Egal", beruhigte er Kroeger. „Ich kann problemlos auch vorübergehend zu Ihnen ziehen oder den Hund zweimal täglich zum Spaziergang abholen. Dann kann er in seiner gewohnten Umgebung bleiben und bekommt auf jeden Fall genügend Auslauf und Abwechslung."

„Herzlichen Dank für das Angebot." Hannes Kroeger wirkte sichtlich erleichtert. „Ich komme sehr gerne darauf zurück. Lily und ich haben schon einen Plan für den Notfall entworfen: Wir wollen ihre Tante bitten, während unserer Abwesenheit das Haus zu hüten. Es gehört ihr sowieso und sie hat schon mehrfach erwähnt, dass sie gerne mal wieder auf die Insel käme. Leider schafft sie es nicht mehr so oft nach Juist wie früher. Kein Wunder mit knapp neunzig, zudem hört und sieht sie nicht mehr besonders gut, und auch das Laufen fällt ihr schwer." Er lächelte. „Aber wenn Sie den Hund spazierenführen, gäbe es damit kein Problem."

„Verlassen Sie sich ganz auf mich. Es sei denn, Ihre Haushaltshilfe taucht wieder auf, dann erübrigt sich die Sache natürlich." Marquart schob die Hände in die Hosentaschen. „Sind Sie überhaupt noch da, um Frau Claasen von der Fähre abzuholen, wenn sie ankommt?"

„Nein, wahrscheinlich nicht. Das hatte ich gar nicht bedacht."

Sofort bot die Baronin ihre Hilfe an. „Ich hole sie gerne ab. Geben Sie mir einfach Bescheid, mit welchem Schiff sie kommt." Sie runzelte die Stirn. „Wollen Sie diese Mona nicht besser vermisst melden? Wenn das Mädchen vorher nie über Nacht weggeblieben ist ..."

„Meinen Sie?" Kroeger blickte unschlüssig in die Runde. „Sie ist doch erst ein paar Stunden lang weg und immerhin ist sie Ende zwanzig, also eine erwachsene Frau. Außerdem ist es Wochenende, sie muss also gar nicht nach Hause kommen, wenn sie nicht möchte."

„Trotzdem. Sie ausgerechnet am Vortag Ihrer Reise dermaßen ins Ungewisse zu stürzen, scheint mir ungewöhnlich. Es muss ihr doch klar sein, dass Sie dieses Verhalten nervös macht."

Kroeger zuckte die Achseln. „Wahrscheinlich genießt sie es, mich nach unserem Streit ein wenig schwitzen zu lassen. Glauben Sie wirklich, ich sollte mir Sorgen um sie machen? Ich muss zugeben, dass ich bisher keinen Gedanken daran verschwendet habe, dass ihr etwas passiert sein könnte."

„Das wäre auch extrem unwahrscheinlich", pflichtete Marquart bei. „Eine auffallende Frau wie diese Mona kann sich doch vor Verehrern kaum retten. Da ist es bloß eine Frage der Zeit, bis sie woanders übernachtet. Mich wundert sowieso, dass das bisher nicht vorgekommen ist."

„Trotzdem." Die Baronin ließ nicht locker. „Tun Sie mir den Gefallen, Herr Kroeger, und gehen Sie kurz bei der Polizei vorbei. Nur für alle Fälle und damit Sie beruhigt verreisen können. Dann haben Sie wirklich alles gemacht, was man tun kann."

„So sehe ich das auch, sicher ist sicher", nickte Dorle Schramm. „Wir sollten übrigens gehen, und zwar sofort. Der Pfarrer dreht gerade seine Runde und ist bereits ganz in der Nähe."

Sie stoben auseinander, jeder seinem Ziel entgegen. Die Baronin und ihre Freundin in ein gemütliches Café am Kurplatz, Leo Marquart zum Frühschoppen mit einem Bekannten, und Hannes Kroeger in Richtung Polizeistation, einen Katzensprung von der Kirche entfernt.

10

Es war unwahrscheinlich, dass Kommissar Wilkens am Sonntag hinter seinem Schreibtisch saß, überlegte Hannes Kroeger, aber die paar Schritte waren wirklich kein Umweg. Es konnte kein Fehler sein, sich den Rat der Baronin zu Herzen zu nehmen und die Polizei auf Monas Verschwinden aufmerksam zu machen.

Schwungvoll ging er die Stufen hoch und drückte die Klinke nieder, aber die Tür war verschlossen. Auch auf sein mehrmaliges Klingeln wurde nicht geöffnet. Gerade wollte er sein Handy aus der Tasche ziehen, um die Telefonnummer zu wählen, die neben der Tür stand, als er von innen Schritte nahen hörte.

Ein reichlich übernächtigt aussehender Peter Wilkens riss die Tür auf. „Ach Sie sind's, kommen Sie rein. Tut mir leid, dass es so lange mit dem Öffnen gedauert hat. Ich habe gerade ein Schläfchen gemacht, nachdem mich zwei betrunkene Wuppertaler die ganze Nacht lang in der Ausnüchterungszelle auf Trab gehalten haben. Ein Vokabular hatten die, sage ich Ihnen ..."

Gefolgt von Hannes Kroeger kehrte er ins Dienstzimmer zurück, zog einen Sessel für seinen Besucher heran und ließ sich auf den Schreibtischstuhl plumpsen. „Bitte nehmen Sie Platz. Wie kann ich Ihnen behilflich sein?"

Verlegen kratzte Kroeger sich am Kinn und erklärte die Situation, in der er sich befand.

Wilkens hörte aufmerksam zu. „Nichts für ungut", sagte er, als sein Besucher geendet hatte, „aber ich würde mir da keine Sorgen machen. Ihre Haushaltshilfe hat ihr freies Wochenende und ist gestern Abend ausgegangen. Da kann man sie schlecht als vermisst melden. Jede Wette, dass sie spätestens heute Abend wieder auftaucht. Wahrscheinlich hat sie bei jemandem übernachtet und liegt noch in den Federn. Meine Frau steht sonntags auch nicht vor halb zwölf auf, wenn sie nicht muss."

„Ich hatte geahnt, dass Sie das sagen würden, aber die Baronin lag mir damit in den Ohren, dass ich die

Sache unbedingt melden solle." Kroeger erhob sich. „Sie haben recht: In ein paar Stunden kommt Mona zur Tür hereinspaziert und ich stehe da wie ein Idiot, weil ich sofort zur Polizei gerannt bin."

„Warten wir's ab. Falls sie immer noch verschwunden ist, wenn Sie Ende der Woche aus den Ferien kommen, sprechen wir noch mal drüber", sagte Wilkens, während er Kroeger zur Tür begleitete. „Aber machen Sie sich keine Sorgen. Die meisten Personen, die vermisst werden, sind freiwillig gegangen."

„Wie der berühmte Ehemann, der nur mal kurz eine Schachtel Zigaretten kaufen will. Na ja, wenn sie tatsächlich abgehauen ist, muss ich uns eben eine neue Haushaltshilfe suchen. Sie glauben gar nicht, wie viele Bewerbungen ich beim letzten Mal hatte. Mona hatte die besten Referenzen von allen, aber was sagt das schon? Lily ist nicht so begeistert von ihr."

Wilkens grinste. „Meine Frau hätte es auch nicht gern, wenn eine knackige Rothaarige bei uns wohnte, die mir jederzeit im Negligé auf dem Flur begegnen könnte. Ich gebe Ihnen einen guten Rat: Das nächste Mal suchen Sie sich eine hässliche Kandidatin aus, dann ist Ihre Frau garantiert Feuer und Flamme."

Eine Viertelstunde später kam Hannes Kroeger zufällig an dem Café am Kurplatz vorbei, wo die Baronin und Dorle Schramm in der Sonne saßen und Lachsgratin mit grünem Salat aßen. Lächelnd ging er auf sie zu.

„Schön, dass ich Sie noch mal treffe. Ich habe gerade mit Lilys Tante telefoniert. Sie hat sich bereit erklärt, in unserer Abwesenheit das Haus zu hüten und den

Hund zu füttern. Wäre es möglich, dass Sie sie morgen Nachmittag um vier Uhr an der Fähre abholen?"

„Gar kein Problem, das mache ich gerne", sagte die Baronin. „Frau Claasen und ich kennen uns, ich werde sie also schnell in der Menschenmenge entdecken."

„Ganz herzlichen Dank. Dann werfe ich später einen Haustürschlüssel in Ihren Briefkasten, damit Herr Marquart den Hund zum Spaziergang holen kann. Lilys Tante hört das Klingeln nicht immer."

„Schaffen Sie es überhaupt morgen nach Portugal, wenn die Fähre erst nachmittags geht?", fragte Dorle Schramm.

Kroeger verneinte. „Wir fahren gleich morgens mit dem Pferdewagen zum Flughafen und fliegen nach Norddeich. Von Bremen aus geht's dann weiter nach Faro. Am Nachmittag sind wir bereits da und abends sitzen wir ganz gemütlich in einem Restaurant in der Sonne und genießen den Blick aufs Meer."

„Unglaublich, wie schnell man heutzutage durch die Welt jettet", lächelte die Baronin, „obwohl Sie Sonne und gute Restaurants auch auf Juist finden."

Er grinste. „Stimmt, und Meerblick sowieso. Aber wenn Lily sich schon mal etwas wünscht ..."

„Ach, hätte mein Ex mir doch auch jeden Wunsch von den Augen abgelesen", seufzte Dorle, nachdem Hannes Kroeger sich verabschiedet hatte. „Die junge Frau Kroeger hat wirklich Glück gehabt, einen solchen Ehemann zu erwischen. Wie ist sie denn so?"

Die Baronin zuckte die Schultern. „Ich kenne sie nur aus den Erzählungen ihrer Großtante. Wegen ihrer Depressionen geht sie nie aus dem Haus, obwohl sie sich jetzt viel besser fühlen soll. Bestimmt lernen wir sie Ende der Woche kennen, wenn die beiden aus Portugal zurückkommen."

„Guck mal", lenkte Dorle ab. „Ist das nicht der Mann aus dem Supermarkt gestern, der mit dem Handy? Scheinbar will er verreisen; auf seiner Karre liegt ein Koffer."

Die Baronin drehte den Kopf. „Stimmt, das ist Jens Heilmann, ein waschechter Juister. Wahrscheinlich nimmt er die Ein-Uhr-Fähre. Seine Frau ist gerade auf einer Beautyfarm im Schwarzwald. Dabei ist sie sowieso schon die schönste Frau auf der Insel, aber ein paar Kosmetikbehandlungen tun ja immer gut, und erst die Massage."

„Weißt du was, warum lassen wir uns heute Nachmittag nicht ein bisschen im Meerwasser-Erlebnisbad von den Unterwasserdüsen massieren? Oder wir gönnen uns eine kleine Entspannung im Luftsprudelbecken."

„Gute Idee", sagte die Baronin und winkte nach der Bedienung. „Dann gehen wir gleich mal nach Hause, um unsere Badesachen zu holen. Anschließend wird Herr Marquart uns nicht wiedererkennen."

11

Leo Marquart hatte die beiden Damen tatsächlich kaum wiedererkannt, als sie entspannt und fröhlichster Stimmung zurückkehrten, insbesondere Dorle Schramm. Sie hatte sich von ihrer besten Seite gezeigt, ihm das

Sofa überlassen und stattdessen auf dem abgewetzten Chintzsessel gegenüber Platz genommen. Zur Feier des Sonntags servierte die Baronin ein paar köstliche Teekuchen, die sie im Ort erstanden hatte, dazu gab es Friesentee mit Sahne und Kandis.

„So langsam freunde ich mich mit diesem starken Gebräu an", sagte sie, goss, ganz unfriesisch, eine große Portion Milch in ihre Tasse und rührte vehement um. „Nur den Vorteil des Kandiszuckers habe ich noch nicht erkannt. Der löst sich doch gar nicht richtig auf."

„Umso besser für deine Zähne", bemerkte ihre Freundin. „Außerdem überdeckt zu viel Süße den Geschmack des Tees."

Die Baronin murmelte etwas Unverständliches. Es war ihr unschwer anzusehen, dass sie diese Meinung nicht teilte. „Was denkst du, Dorle, sollten wir morgen mit dem Fahrrad zur Domäne Bill fahren und Rosinenstuten essen oder wäre dir ein Ausflug zu den Seehundbänken lieber?"

„Haben wir morgen überhaupt Zeit für lange Ausflüge? Am Nachmittag holen wir doch schon Frau Claasen von der Fähre ab."

So plänkelte das Gespräch hin und her und nach zwei herrlich bröseligen Kuchen und ebenso vielen Tassen Tee verließ Leo Marquart die beiden, um in Ruhe über seinen neuesten Krimiplot nachzudenken. Er war beim Schreiben ins Stocken geraten, weil er vorher nicht gut genug über das Geschehen nachgedacht hatte, und nun musste er entscheiden, ob er wieder von vorne anfangen sollte oder ob man das Manuskript noch irgendwie retten konnte.

Er schlenderte zum Strand und machte es sich in seinem Strandkorb gemütlich, den er für die Dauer des Sommers gemietet hatte. Langsam kam diesige Abendstimmung auf, obwohl es noch immer angenehm warm war. Selbst die leichte Brise, die vom Meer über den Sand wehte, konnte daran nichts ändern. Weiter hinten, in der Nähe des Hotels *Kurhaus,* schien eine Strandparty stattzufinden. Wahrscheinlich die mit dem Thema *Hawaii,* die das Poster angekündigt hatte. Er lehnte sich zurück, schloss die Augen und ließ seinen Krimiplot an sich vorüberziehen. Eine Ermordete hatte er schon, kurz danach lag dann ihr Liebhaber tot im Blumenbeet, der Nachbar. Gerade als die Polizei den Ehemann wegen Mordverdachts festnehmen wollte, fiel auch dieser tot um. Zyankali.

Und jetzt?

Spätestens an dieser Stelle musste es jedem Leser dämmern, dass nur die Nachbarin die Mörderin sein konnte, aber er war erst auf Seite 98, es war also viel zu früh, sie als Täterin zu entlarven. Genervt fuhr Marquart sich über die Stirn. Entweder er änderte die ganze Geschichte, dann musste er aber das Manuskript komplett umschreiben, oder ihm kam ein Gedankenblitz.

Zwei Stunden später war er immer noch so weit wie vorher. Vielleicht würde ein Besuch der Strandparty-Bar die gewünschte Inspiration bringen. Missgelaunt ging Marquart den Strand entlang. Er hatte keine Lust, seinen Krimi in die Tonne zu treten, aber so wie es jetzt aussah ...

„Einen *Hawaii Special*“, bestellte er und ließ sich überraschen, welcher Cocktail sich hinter diesem Namen verbarg.

„Bitte sehr“, grinste der Barkeeper, ein braungebrannter Hüne in Jeans und Blumenhemd. Ein Anstecker verriet, dass er Gabriel hieß. „Rum, Ananassaft, Kokosmilch und Wodka. Der bringt Sie garantiert in Schwung. Sie sehen aus, als hätten Sie's nötig.“

Marquart zog die Nase kraus. Auch das noch, jetzt sahen ihm schon Fremde an, dass er ein Problem hatte. Er nahm den Strohhalm in den Mund und kostete. Das Zeug hatte es in sich. Ein paar davon, und man konnte ihn nach Hause tragen. Kein Wunder, dass die Leute damit in Stimmung gerieten.

Er blickte um sich. Neben ihm an der Bar stand eine Frau um die fünfzig mit einer lila Plastikblüte hinterm Ohr. Ab und zu warf sie nervöse Blicke auf ihre Armbanduhr. Bestellt und nicht abgeholt, wahrscheinlich. Auch sie trank einen *Hawaii Special,* oder den zweiten, ihren rosig angehauchten Wangen nach zu urteilen. Einen Moment lang rang er mit sich, ob er sie ansprechen sollte, aber warum eigentlich nicht? Schließlich musste er sein Plotproblem lösen und ihr fehlte Gesellschaft.

Seine neue Bekannte erwies sich als erstaunlich kooperativ, obwohl für ihren Geschmack deutlich zu viele Tote im Manuskript herumlagen. „Also, wenn mein Mann ein Verhältnis mit der Nachbarin hätte, dann würde ich ihn überhaupt nicht umbringen“, erklärte sie cocktailschlürfend. „Die Ehefrau wird doch als erste verdächtigt und der Kerl aus Ihrer Geschichte ist es nicht wert, seinetwegen lebenslänglich ins Gefängnis zu gehen. Ich würde anders Rache üben, subtiler. Zum Beispiel mit Knoblauch kochen, damit er schön stinkt, wenn er seine Dulzinea besucht. Dazu noch jede Menge Erbsen, Bohnen, Linsen oder Krautsalat ... Sie wissen schon, warum.“

Grinsend stellte Gabriel, der Barkeeper, ein Schälchen Chips auf den Tresen. „Meine Freundin ist auch so ein wilder Teufel. Einmal hat sie ‚versehentlich' ein gelbes Staubtuch mit in die Wäsche gegeben, um meinen Jockey Slips eine neue Farbnuance zu verpassen: uringelb. Alles, weil sie sich einbildete, ich hätte was mit ihrer besten Freundin."

„Ein paar bösartige Gerüchte wären auch nicht schlecht. ‚Hast du schon gehört, Liebling? Die Tussi von nebenan soll früher ein Mann gewesen sein ...'"

„‚ ... und hat eine fiese Geschlechtskrankheit'."

„Herpes oder Genitalwarzen." Sie kicherte. „Der arme Kerl wird bei der so schnell nicht mehr unter die Decke schlüpfen."

Alle Achtung, die beiden kamen richtig in Fahrt!

„Aber wie kriege ich ihn dann tot ins Blumenbeet, wenn seine Frau ihn gar nicht umbringt?"

Nachdenklich knabberte sie an ihrem Strohhalm. „Vielleicht könnte sie heimlich seine Cholesterintabletten mit ihren eigenen gegen Wechseljahrsbeschwerden vertauschen und beim Kochen Schweineschmalz verwenden. Es dauert natürlich ein Weilchen, bis seine Arterien zu sind, aber was langsam währt ..."

Ideen hatte die Frau! „Sie schreiben nicht zufällig Kriminalromane?"

Sie schüttelte den Kopf. „Das kommt alles von diesem Cocktail, sonst bin ich völlig harmlos. Aber Sie haben mich auf eine Idee gebracht. Dafür, dass mein Liebster mich versetzt hat, hat er eigentlich eine kleine Rache verdient." Sie grinste. „Mir fällt bestimmt etwas Passendes ein."

„Der arme Kerl tut mir jetzt schon leid", sagte Gabriel und räumte die Gläser ab. „Wollen Sie noch einen?"

Beschwingt ging Leo Marquart über die Strandpromenade nach Hause, während seine neue Muse ins Ortszentrum spazierte. Sie wohnte im Romantik Hotel *Achterdiek*. Er lächelte in sich hinein. Das Gespräch hatte Spaß gemacht und die Variationen süßer Rache, die sie vorgeschlagen hatte, konnten seinen Krimi nur bereichern.

Am Ende der Strandpromenade bog er in die Karl-Wagner-Straße ab. Fast wieder zu Hause. Er würde noch ein wenig lesen und dann gemütlich ins Bett fallen, beschloss er. Schließlich wollte er morgen vor Dorle Schramm im Bad sein. In einiger Entfernung sah er drei Gestalten die Straße entlangtorkeln, die mittlere konnte schon gar nicht mehr laufen. Die beiden anderen hatten ihre liebe Not, ihren Kumpel nach Hause zu schleifen. Marquart tippte auf ein paar *Hawaii Special* zu viel. Verteufelt lecker, aber dieser Drink hatte es in sich, wie alle alkoholischen Mixgetränke, eigentlich. Wegen solcher Exzesse hatte die Baronin kein Interesse an Strandpartys. Betrunkene waren ihr ein Dorn im Auge, Männer wie Frauen, und als er selbst einmal zu tief ins Bierglas geguckt hatte, war sie wie eine Furie auf ihn losgegangen. Er war heilfroh, nur einen Cocktail bestellt zu haben, statt sich von einem weiteren verlocken zu lassen. Der Abend war viel zu schön für einen verbalen Zusammenstoß mit seiner Mitbewohnerin.

Die bösartigen Ideen seiner Barbekanntschaft fielen ihm wieder ein. Ob er einmal vorsichtig in Dorle Schramm hineinhören sollte? Die hatte doch auch gerade eine Mordswut auf ihren Ex und vielleicht ein paar ausgeklügelte, gemeine Rachegedanken im Hinterkopf, die er für seinen Plot verwenden konnte.

„Ich sag's ja“, grinste er. „Recherche ist alles.“

12

Montag

Die Strandstraße zeigte sich von ihrer sommerlichsten Seite, sonnenbeschienen und unter einem strahlend blauen Himmel, an dem kein Wölkchen hing.

„Wie auf einer Postkarte", jubelte Dorle Schramm, die ihre Freundin begeistert von Laden zu Laden schleppte. „Fehlt nur noch eine Möwe, dann ist das Bild komplett. Was ist, Margana, wollen wir ein Eis essen?"

„Gute Idee, aber vorher würde ich gerne noch beim Auktionator vorbeigehen", antwortete die Baronin. „Mitte der Woche findet eine Auktion statt, ausnahmsweise hier auf der Insel statt wie sonst auf dem Festland. Das will ich mir keinesfalls entgehen lassen."

„Wunderbar, ich komme gerne mit. Auktionen sind immer so aufregend, findest du nicht? Besonders, wenn man selbst etwas ersteigern möchte."

„Ich hoffe, dort einen Biedermeierstuhl zu ergattern, passend zu meiner Kirschholzkommode. Mein Schlafzimmer hat keine Sitzgelegenheit, von der Bettkante mal abgesehen, und für einen Sessel ist kein Platz."

„Ein Stuhl reicht völlig", stimmte Dorle zu. „Man braucht ihn doch nur zum Kleiderablegen. Bloß schade, dass Möbel aus Versteigerungen oft so verschlissene Bezüge haben und dringend aufgepolstert werden müssen. Dann hat man die ganze Arbeit, einen guten Polsterer zu finden, der die Sache wieder in Ordnung bringt. So einen gibt's doch bestimmt nicht auf Juist, oder? Dann musst du den Stuhl aufs Festland schleppen und hast ein ewiges Hin und Her."

Die Baronin lachte. „Nein, nein, so abgelegen leben wir hier auch wieder nicht. Es gibt ein sehr gutes Raumausstattungsgeschäft, wo auch Polsterarbeiten übernommen werden. Ich habe schon viel Gutes von ihnen gehört, aber ich habe einen besseren Plan: Ich beziehe den Stuhl selbst."

Erstaunt hob Dorle die Augenbrauen. „Du kannst polstern?"

„Nun ja", erklärte die Baronin. „Ich habe vor Jahren mal einen Kurs an der Volkshochschule gemacht, als ich noch nicht auf Juist lebte. Der Lehrer hat alles fabelhaft erklärt und die nötigen Gerätschaften habe ich auch noch. Es wäre also dumm, mein Geld an einen Polsterer zu verschwenden. Das investiere ich lieber in einen schicken Stoff für den Bezug."

„Recht hast du, Margana. Selbst ist die Frau, und der Stuhl wird teuer genug sein. Wo ist denn dieses Auktionshaus? Hier in der Strandstraße?"

Die Baronin lenkte sie zu einem Geschäft gleich um die Ecke, in der Friesenstraße. „Hier sind wir schon. Siehst du, das Poster für die Auktion hängt bereits an der Tür. Mittwochnachmittag um drei Uhr, das muss ich mir merken. Denkst du auch daran, bitte? Nicht, dass wir es verpassen." Sie drückte die Klinke nieder, doch die Tür ließ sich nicht öffnen. „Ach je, sie haben zu. Wie dumm, dann müssen wir morgen wiederkommen."

„Macht nichts." Dorle kramte ihre Brille aus der Handtasche. „Hier steht's auch, gleich neben dem Plakat: *Heute leider geschlossen.* Wie wäre es, wenn wir morgen unseren Ausflug zur Domäne Bill machten, am liebsten per Pferdekutsche, und dann anschließend zum Auktionshaus gehen, um die Sachen anzusehen, die versteigert werden?"

„Prima", lächelte die Baronin, „so machen wir's und jetzt haben wir uns ein Eis verdient."

Die Freundinnen standen am Hafen, um Lily Kroegers Großtante abzuholen, und sahen der Fähre entgegen, die gerade einlief.

„Wenn ich das richtig lese, ist das die Frisia IX", sagte Dorle. „Mit der bin ich auch gekommen."

„Und pünktlich auf die Minute. Es ist genau vier."

Während das Schiff vertäut wurde, blickte Dorle um sich. „Nicht gerade viele Passagiere, die nach drüben wollen. Ist das oft so leer?"

„Die meisten Feriengäste reisen am Wochenende an oder ab", erklärte die Baronin. „In den Sommermonaten kann man oft nur von Samstag bis Samstag buchen. Unter der Woche eine Unterkunft für ein, zwei Tage zu finden, ist dann kaum möglich. Daran wird's wohl liegen, nehme ich an. Es gibt aber doch noch genug Fahrgäste, vor allem Juister, die nach drüben wollen."

„Keine Tagestouristen?"

„Die kommen nur, wenn es zwei Fähren am Tag gibt, so dass sie abends wieder zurückfahren können. Oder sie fliegen." Ihr Blick schweifte über die Menge. „Guck mal, da kommt sie schon: die weißhaarige Dame mit dem Haarknoten und der Blume am Kostüm."

Die beiden eilten Frau Claasen entgegen, die sich sichtlich freute, abgeholt zu werden.

„Was für einen reizenden Empfang Sie mir bereiten, liebe Baronin. Und Ihre Bekannte gleich mitzubringen ... Leider habe ich den Namen nicht ganz verstanden." Sie schüttelte bedauernd den Kopf. „Am besten, Sie sprechen richtig laut mit mir. Wenn man alt wird, bekommt man so viele Zipperlein. Ich muss immer wieder nachfragen, weil ich nicht alles von der Unterhaltung mitbekomme, trotz Hörgerät. Wirklich traurig. Mein Augenlicht lässt auch nach. Grauer Star, aber das kann man reparieren, versicherte mein Arzt."

„Stimmt." Dorle nickte zur Untermalung deutlich mit dem Kopf. „Meine Mutter hatte die Operation und konnte anschließend wieder sehr gut sehen. Sogar Auto fahren."

„Nun ja", lächelte Frau Claasen. „Ganz so wild möchte ich es gar nicht treiben."

„Sicherlich sind Sie erschöpft von der langen Reise." Die Baronin sah suchend zu den Gepäckwagen. „Wissen Sie noch, auf welchem Wagen Ihr Koffer liegt?"

Nach wenigen Minuten hatten sie die Reisetasche entdeckt und sie mit Hilfe eines freundlichen Reedereiangestellten heruntergehievt.

„So, jetzt geht's nach Hause", schrie die Baronin in Frau Claasens Ohr. „Herr Marquart hat den Hund spazieren geführt und wartet mit einer Kanne Tee auf uns."

„Wie aufmerksam", lächelte Frau Claasen. „Früher wäre es genau umgekehrt gewesen. Die Herren hätten den Besuch und dessen Gepäck von der Fähre geholt und die Damen hätten den Tee vorbereitet. So ändern sich die Zeiten ..."

„Es gibt kaum etwas, das wir Frauen nicht können", erzählte Dorle, während sie zu dritt durch den Ort gingen. „Selbst vor klassischen Männeraufgaben machen wir nicht halt. Die Baronin kann zum Beispiel Möbel aufpolstern."

„Das habe ich leider nicht ganz mitbekommen", sagte die alte Dame. „Was können Sie, liebe Baronin?"

„Möbel aufpolstern!"

„Erstaunlich. Eine beneidenswerte Kunst, aber ehrlich gesagt bin ich immer gut ohne Polstern durchs Leben gegangen, obwohl ich den einen oder anderen Stuhl habe, der einen neuen Bezug wirklich gebrauchen könnte." Frau Claasen seufzte. „Die meisten Möbel, die ich besitze, treffen leider nicht den Geschmack der jungen Leute. Lily macht sich nichts aus Antiquitäten. Sie wird wahrscheinlich alles verkaufen, wenn sie es eines Tages von mir erbt, aber was soll's. Solange sie ihre Funktion noch erfüllen, gebe ich die alten Sachen nicht weg. Erst, wenn ich etwas wirklich nicht mehr gebrauchen kann."

„Da sind wir schon", verkündete die Baronin. „Jetzt bin ich gespannt, ob Herr Marquart uns bereits entdeckt hat. Er hält bestimmt durchs Fenster nach uns Ausschau."

In diesem Moment wurde die Haustür aufgerissen. Leo Marquart kam ihnen lächelnd entgegen, gefolgt von dem Flatcoat, der Frau Claasen vor Wiedersehensfreude fast umwarf.

„Hereinspaziert", sagte Marquart und trug die Reisetasche ins Haus. „Der Tee wartet bereits, und Kekse habe ich auch entdeckt."

Lächelnd trat Frau Claasen ins Wohnzimmer. „Wie schön, wieder daheim zu sein. Ich war bestimmt schon ein halbes Jahr nicht mehr auf Juist, und am Freitag muss ich leider schon wieder zurück nach Hamburg."

Sie setzte sich aufs Sofa und ließ ihren Blick durch das sonnendurchströmte Zimmer gleiten, das ganz in Blautönen gehalten war. „Und alles so aufgeräumt ... Ich hatte schon Sorge, dass ich hier ein schreckliches Chaos vorfinden könnte, nachdem diese Haushaltshilfe nicht mehr da ist. Aber sie ist ja auch erst zwei Tage lang weg, oder ist sie wieder aufgetaucht?"

Marquart schüttelte den Kopf. „Scheinbar nicht. Sehr verwunderlich, wo sie doch weiß, dass Kroegers verreisen und der Hund allein zurückbleibt. Vertrag hin oder her, sie kann das arme Tier doch nicht einfach seinem Schicksal überlassen."

„Sie wissen doch, wie die jungen Dinger heutzutage sind", bemerkte Dorle. „Es wird sich schon alles regeln, glauben sie und machen unbekümmert das, was sie wollen, ohne Rücksicht auf Verluste. Hauptsache, sie selbst haben ihren Vorteil."

„Sie ist aber kein junges Ding", widersprach Marquart. „Ich habe sie zwar nur aus der Entfernung gesehen, aber sie müsste so um die dreißig sein, schätze ich."

„Stimmt", nickte Frau Claasen. „So habe ich das nach Hannes' und Lilys Beschreibung auch in Erinnerung. In dem Alter könnte man etwas mehr Verantwortungsgefühl erwarten, besonders bei ihren guten Referenzen."

Die Baronin machte ein besorgtes Gesicht. „Ob ihr etwas passiert sein könnte? Vielleicht war sie irgendwo schwimmen, wo es verboten ist, und wurde von der Strömung erfasst."

„Dann hätte man ihre Kleidung am Strand gefunden", sagte Marquart. „Sie wird kaum in voller Montur ins Wasser gegangen sein. Es sei denn, sie wollte sich umbringen, aber dann läge irgendwo ein Abschiedsbrief."

„Nein, nein." Die alte Dame schüttelte den Kopf. „Hannes hat mich extra nochmal angerufen und gesagt, dass sie bestimmt wiederkommt, weil ihre Kleider noch im Schrank hängen und sie auch keinen Brief hinterlassen hat. Das kann es also nicht sein."

„Sie wird schon wieder auftauchen", entschied die Baronin. „Jetzt sollten wir uns wegen dieser Mona nicht die Laune verderben lassen. Können wir Ihnen in den nächsten Tagen irgendwie behilflich sein, Frau Claasen? Für Sie einkaufen oder eine kleine Unternehmung organisieren? Morgen fahren wir zum Beispiel mit der Pferdekutsche zur Domäne Bill und am Mittwoch gibt es in der Friesenstraße eine Auktion. Sie sind herzlich eingeladen, mitzukommen."

Frau Claasen bedankte sich, lehnte aber ab. „Am liebsten möchte ich zu Hause sitzen und den Garten genießen, und ab und zu einen kleinen Bummel durch den Ort machen. Die Konzerte am Kurplatz sind immer so nett, ich könnte stundenlang zuhören ..." Lächelnd wandte sie sich an Leo Marquart. „Wenn Sie den Hund zwei Mal am Tag spazierenführten, wäre ich mehr als dankbar, aber mehr Hilfe benötige ich nicht. Die Miniportionen, die ich esse, kann ich sehr gut allein kaufen. Ein wenig Bewegung tut sowieso gut."

„Dann ist ja alles geklärt." Die Baronin griff zur Kanne. „Und wer möchte jetzt ein Tässchen Tee?"

13

Nach seiner Ankunft in Norddeich hatte Jens Heilmann seinen Wagen, einen klapprigen Uralt-Golf, abgeholt und sich auf die Fahrt nach Oldenburg begeben, wo er am frühen Abend einen Termin mit einem Auftraggeber hatte. Sein Freund, der das Auto benutzen durfte, während er selbst es nicht brauchte, war nicht gerade froh gewesen, ein paar Tage darauf verzichten zu müssen, aber so war das eben. Eine Hand wusch die andere. Der eine konnte sich keinen Parkplatz leisten, der andere kein Auto.

Gemeinsam mit dem Auftraggeber war er einen Happen essen gegangen. Sie hatten besprochen, wie der Kunde sich die Broschüre für sein neues Fitness-Studio vorstellte, das in Kürze nach einer Runderneuerung wiedereröffnen sollte. Anschließend hatte er noch ein einsames Bier in der Hotelbar getrunken und in Anbetracht des gestrigen Fiaskos im *Alten Kapitän* auf einen Gang in die Spielhalle um die Ecke verzichtet. Er konnte sich jetzt noch ohrfeigen, den kompletten Jackpot wieder in den Automaten versenkt zu haben, aber passiert war passiert. Außerdem hatte er nur verloren, was er zuvor gewonnen hatte, also war es keine Tragödie. In Zukunft wollte er darauf achten, im richtigen Moment aufzuhören. Wenn das nur so einfach wäre. Es war, als würde ihn ein unsichtbarer Sog direkt zu dem Spielautomaten ziehen und ihn immer wieder sein Glück versuchen lassen, aber wie man es drehte oder wendete: In diese Dinger wurde verdammt viel Geld geworfen, das gewonnen werden wollte. Warum nicht von ihm? Rein statistisch gesehen war es problemlos möglich, den Automaten zu besiegen, täglich aufs Neue, und es in Windeseile zum Millionär zu machen. Nur das Aufhören im richtigen Moment musste er noch in den Griff kriegen ...

Montagmorgen war er früh aufgestanden und nun Richtung Stuttgart unterwegs, wo sein zweiter Kunde ansässig war. Natürlich hätte er das alles auch per E-Mail besprechen können. Der Flyer, der hier von ihm verlangt wurde, war kaum der Rede wert, aber schlecht wie die Geschäfte liefen, war es sicherlich gut für die Kundenbindung, sich ab und zu persönlich blicken zu lassen. Wer weiß, vielleicht waren hier noch andere Texte zu schreiben, wenn er die Sache mit dem Flyer gut machte?

Sein Handy klingelte, aber beim Fahren wollte er nicht drangehen. Er blickte aufs Display. Charlotte. Mist, er hatte sie gestern nicht wie versprochen angerufen, um zu sehen, ob sie gut im Schwarzwald angekommen war. Ausgerechnet jetzt, wo sie dachte, er hätte eine andere. Das würde ihre Befürchtungen nur noch schüren, aber morgens hatte er einen solchen Frust nach der durchzockten Nacht im *Alten Kapitän* gehabt, dass er es schlichtweg vergessen hatte, und mittags hatte er in Windeseile packen und zur Fähre gehen müssen. Er seufzte. Wie man es machte, war es falsch ...

Ob er Charlotte sagen sollte, dass er Juist verlassen hatte und soeben durch Baden-Württemberg fuhr? Lieber nicht, sonst wollte sie womöglich, dass er sie in dieser Schönheitsfarm besuchte, und wie sollte er da verheimlichen können, dass er plante, ihr einen Welpen zu kaufen? Natürlich konnte er sagen, dass er verschiedene Kunden besuche, was ja auch stimmte, aber sie würde den Braten riechen, dass da noch etwas im Hintergrund schwelte. Charlotte konnte man nichts vormachen, selbst wenn sie manchmal etwas Falsches vermutete. So wie jetzt die Annahme, er habe eine Geliebte, obwohl er lediglich ein paar Spielchen am Automaten wagte.

„Gut", sagte er zu sich selbst, „so mache ich es: Ich bin zu Hause auf Juist und alles ist in bester Ordnung. Bis ihre zwei Wochen Schönheitsfarm rum sind, bin ich mit dem Hund längst wieder daheim. Dann kann ich ihr immer noch gestehen, dass ich auf dem Festland war, um meine Geburtstagsüberraschung abzuholen."

Sein Blick fiel aufs Armaturenbrett. Mist, was war das plötzlich für ein rotes Lämpchen und wie lange leuchtete das schon? Entsetzt bemerkte Jens Heilmann, dass die Temperatur im roten Bereich lag und weißer Rauch unter der Motorhaube herausquoll. Er schaltete das Warnblinklicht an und fuhr auf den Seitenstreifen. Stirnrunzelnd nahm er sein Handy von der Ablage und stieg aus dem Wagen.

„Baden-Baden 3km", stand auf einer Anzeigetafel am Rand der Autobahn.

Glück im Unglück, dachte er und wählte die Nummer des ADAC. Wenigstens haben sie hier eine Spielbank.

14

Dienstag

Charlotte Heilmann schaltete ihr Handy aus, ließ sich auf das gemachte Bett fallen und schloss die Augen. Irgendetwas stimmte nicht, das spürte sie genau. Jens hatte ihr am Telefon zwar wieder und wieder versichert, wie sehr er sie vermisse und dass sie sich keine Sorgen zu machen brauche, er habe den Haushalt total unter Kontrolle, aber trotzdem hatte sie ein schlechtes Gefühl. Oder lag es daran, dass es ihr auf der Schönheitsfarm nicht so gut gefiel wie erwartet?

Auch dafür gab es keinen wirklichen Grund. Alles sah genauso aus wie im Prospekt und auf den Internetseiten; man konnte den Betreibern keinesfalls vorwerfen, sie mit falschen Versprechungen hierher gelockt zu haben. Zwar schüttete es seit ihrer Ankunft wie aus Kübeln, während auf Juist die Sonne schien, aber dafür konnten die Inhaber ja nichts. Der Schwarzwald war traumhaft schön, keine Frage, diese duftenden Tannen und die Häuser mit ihren tiefgezogenen Dächern. Dennoch ... Sie seufzte. Vielleicht waren die anderen Frauen daran schuld, dass sie sich hier nicht eingewöhnen konnte? Die meisten schienen aus der Gegend zu stammen, dem konstanten Geschwäbel nach zu urteilen, das bei den Gesprächen vorherrschte.

„I ben scho s´dritte Mol do", hatte vorhin eine Blondine zu ihr gesagt, die neben ihr in der Sauna gesessen hatte. „Des isch grad schad, dass dia koin Wai abietat. S´sisch wäga dr Kaloria, denk I, wo doch so a klois Viertele net schada ko."

Wer sollte das verstehen?

Na ja, wenn man die Ohren spitzte und sich anstrengte, konnte man natürlich doch kapieren, was gemeint war, und dass es hier keinen Alkohol gab, war tatsächlich schade. Die meisten Damen, die sich eingebucht hatten, wollten abnehmen und so war es wahrscheinlich angebracht, kalorienreiche Getränke gar nicht erst auszuschenken, aber sie selbst hatte keine Gewichtsprobleme und hätte abends ganz gern mal ein Gläschen getrunken statt Wasser oder Hagebuttentee. Dazu kam, dass um sieben Uhr morgens eine Angestellte ins Schlafzimmer kam, um einen mit kaltem Essigwasser einzureiben. Das sei gut für die Haut und die Blutzirkulation, hieß es, aber für ihre Stimmung tat es nicht das Geringste. Der Beauty-Stundenplan auch nicht. Charlotte fühlte sich gehetzt, weil sie ununterbrochen von einem Termin zum nächsten eilen musste. Fußpflege, Maniküre, Wassergymnastik und Massage folgten Schlag auf Schlag, wie zum Kuckuck sollte man so die Seele baumeln lassen?

Irgendwie ist einfach der Wurm drin, dachte sie. Normalerweise hätte sie jetzt einen Spaziergang am Meer gemacht, um auf andere Gedanken zu kommen – Muscheln sammeln, den Möwen beim Flug zusehen und den Sand zwischen den Zehen spüren – aber im Schwarzwald war das nicht gut möglich.

Das Zimmertelefon klingelte. „Dui Wassrgymnaschtik hot grad agfanga“, sagte die freundliche Frauenstimme am anderen Ende der Leitung. „Komma Sia net?“

„Doch, doch, ich bin sofort da“, versprach sie und legte auf.

Bis heute Abend warte ich noch ab, entschied sie und richtete sich auf, um ihren Bikini aus dem Schrank zu holen. Dann entscheide ich, ob ich hierbleibe oder zurück nach Hause fahre.

Im Innersten wusste sie bereits, wie ihre Entscheidung ausfallen würde.

15

„Das Glück dieser Erde liegt auf dem Rücken der Pferde", ließ sich Dorle Schramm vernehmen, obwohl sie nicht gerade auf einem Pferderücken saß, sondern höchst gemütlich in der Pferdekutsche, die sie von der Domäne Bill zurück ins Ortszentrum von Juist brachte. „Du hast nicht zu viel versprochen, Margana. Der Rosinenstuten schmeckte wirklich köstlich und erst die Erdbeermarmelade. Bestimmt selbstgekocht, meinst du nicht?"

„Ich habe dieses Jahr auch mal wieder Marmelade gekocht", sagte die Baronin. „Normalerweise bin ich zu faul dazu, dabei dauert es wirklich nur ein paar Minuten."

„Und es schmeckt so viel leckerer, zumindest bilde ich mir das ein." Dorle blickte über die sonnenbeschienenen Dünen, die an ihnen vorbeizogen. „Was für ein traumhaftes Wetter. Wenn ich bedenke, wie zugezogen der Himmel noch vor ein paar Tagen war. Gut, dass ich heute Morgen daran gedacht habe, Sonnencreme aufzutragen, sonst hätte ich jetzt einen gewaltigen Sonnenbrand." Sie sah auf die Uhr. „Wir sind wunderbar in der Zeit. Wenn wir ankommen, können wir in Ruhe die Sachen im Auktionshaus angucken, ohne uns hetzen zu müssen, weil der Laden zumacht."

„Stimmt", nickte die Baronin. „Hoffentlich ist ein Biedermeierstuhl dabei und vielleicht entdeckst du auch etwas Schönes."

„Ach, eher nicht. Ich hab's nicht so mit Antiquitäten und solange ich noch keine neue Wohnung gefunden habe, macht es sowieso keinen Sinn, sich mit Möbeln oder Silber einzudecken. Allerdings hat meine Schwester bald Geburtstag, vielleicht finde ich etwas Kleines für sie. Einen Bilderrahmen, zum Beispiel."

„Die Schwester aus dem Hamburger Mietshaus?", fragte die Baronin.

„Genau die. Roswitha und ich haben keinen großen Kontakt, weil sie so sauertöpfisch und besserwisserisch ist. ‚Ich hab's ja gleich gewusst', hat sie sofort gesagt, als ich ihr mitgeteilt habe, dass wir uns getrennt haben, mein Ex und ich. ‚Hättest du mal auf mich gehört, ich habe dich gewarnt! Aber du weißt ja immer alles besser.' Kein Wort der Aufmunterung, kein Mitleid. Nichts."

„Ich weiß genau, was du meinst", sagte die Baronin. „Es ist nicht einfach mit solchen Leuten und wenn ihnen selbst ein Unglück passiert, erwarten sie größtes Mitgefühl."

„Nicht meine Schwester. Als damals ihre Tochter abhaute, war ihr das völlig egal. ‚Erst ziehen wir sie auf und so dankt sie uns das jetzt', sagte sie. ‚Soll sie bleiben, wo der Pfeffer wächst.' Sie hat Silke nicht mal vermisst gemeldet, sondern weiterhin das Kindergeld einkassiert."

„Und? Kam das Mädchen wieder zurück?"

„Nein, aber irgendwann kam die Polizei vorbei, weil sie angezeigt worden war. Wegen Diebstahls, glaube ich. Sie nahmen an, Silke lebte dort noch. Meine Schwester war stinksauer wegen der Nachbarn; was die denken, wenn die Polizei bei ihnen ein und aus geht, und so weiter."

„Schlimm, wenn Kinder unter die Räder kommen", sagte die Baronin, „aber kein Wunder, wenn sich zu Hause niemand um sie kümmert. Was ist denn mit dem Vater? War dem auch egal, wo seine Tochter sich aufhielt?"

Dorle zuckte die Achseln. „Silke ist das Kind von einem Urlaubsflirt, ein Holländer, glaube ich. Roswitha kannte noch nicht mal seinen Nachnamen. Sie hatte Glück, dass ihr jetziger Mann sich darauf eingelassen hat, sie trotz Kind zu heiraten. Damals war das nicht selbstverständlich. Die Kleine war ihm immer ziemlich egal, besonders als Roswitha und er dann eine gemeinsame Tochter bekamen."

Die Baronin seufzte. „Solche Geschichten hört man immer wieder. Die armen Kinder, die darunter leiden müssen."

„Silke war kein besonders nettes Kind. Im Gegenteil, sie war regelrecht verschlagen, obwohl sie nett aussah. Wie ein blonder Engel, aber die Fassade trog. Ich nehme an, sie ist so geworden, weil sie nie viel Liebe erfahren hat. Nachträglich denke ich manchmal, ich hätte die Kleine zu mir in die Ferien einladen oder mal etwas mit ihr unternehmen sollen, aber sie wohnten so weit entfernt. Du weißt ja, wie das ist." Dorle deutete auf den Kirchturm der evangelischen Kirche, der neben ihnen aufragte. „Guck mal, wir sind gleich da. Die Fahrt verging wirklich wie im Flug. Jetzt bin ich mal gespannt, ob wir einen Stuhl für dich finden."

Das Auktionshaus erwies sich als wahre Grotte Aladins, so viele Schätze gab es zu entdecken.

„Man kann sich kaum entscheiden", stöhnte die Baronin, die sage und schreibe drei Biedermeierstühle zur Auswahl hatte. „Welchen würdest du nehmen, Dorle?"

„Keinen", antwortete diese. „Ich bin eher der IKEA-Typ, mit Biedermeier kann ich herzlich wenig anfangen. Aber wenn du mich fragst, würde ich zunächst mal den aussortieren, den du überhaupt nicht willst, und dann zwischen den beiden anderen entscheiden."

„Gut." Resolut schob die Baronin einen der Stühle beiseite. „Den hier nehme ich schon mal nicht. Bleiben die beiden anderen. Beide aus Kirschholz, beide ähnlich im Startpreis für die Auktion, aber dieser hier ist perfekt aufgepolstert und jener nicht. Wenn ich jetzt ein Gänseblümchen zum Blätterabzupfen hätte." Sie betrachtete die beiden Stücke kritisch von allen Seiten, konsultierte den Auktionskatalog und setzte sich probeweise auf die Sitzflächen. Schließlich deutete sie auf den mit dem hässlichen Bezug. „Dieser ist mein Favorit, damit kann ich nach all den Jahren endlich mal mein Projekt durchführen, etwas selbst zu beziehen. Die Polsterung scheint noch ziemlich in Ordnung zu sein, jedenfalls sitzt man sehr bequem darauf. Der Stuhl kommt bei der Auktion auch zuerst an die Reihe. Sollte ich überboten werden, kann ich immer noch mein Glück mit dem anderen versuchen."

„Guter Plan“, lächelte Dorle Schramm. „So machen wir's.“

„Und du? Hast du nichts für deine Schwester gefunden?“

Dorle schüttelte den Kopf. „Es gibt alles mögliche, das mir gefallen könnte, aber ich bin mir nicht sicher, ob es das Richtige für sie ist. Sie ist modern eingerichtet und obwohl ein silberner Bilderrahmen überall passen würde ... Ich glaube, ich gehe in den nächsten Tagen lieber los und suche ihr etwas Maritimes für die Wohnung, das passt ganz gut zu Hamburg.“

Den Auktionskatalog unter dem Arm schlenderten die beiden Damen nach Hause, ermüdet von ihren Erlebnissen und voller Vorfreude auf eine Limonade unter dem Sonnenschirm und ein gutes Buch.

16

Mittwoch

Den kommenden Vormittag verbrachten sie zu Hause, Dorle mit einem Liebesroman auf Leo Marquarts Sofa, die Baronin beim Putzen.

„Das muss auch mal sein“, hatte sie ihrer Freundin erklärt und sich die Gummihandschuhe übergestreift. „Sonst wirft mich Herr Marquart noch raus.“

Nachdem ihr Arbeitgeber von seinem Spaziergang mit dem Hund wiedergekommen war, hatten sie unter dem Sonnenschirm im Garten gemeinsam zu Mittag gegessen, Matjesbrötchen mit grünem Salat, und anschließend einen Mocca getrunken. Nun war es kurz vor drei und die beiden Damen spazierten die Friesenstraße entlang in Richtung Auktionshaus.

„Guck mal", deutete Dorle auf ein Plakat, das im Fenster einer Modeboutique hing, „hier werben sie für diese Strandpartys, wo Herr Marquart neulich war. Im Moment haben sie Thema *Hawaii*, ab dem Wochenende ist *Pirat ahoi!* dran. Ich hätte gute Lust, dort hinzugehen. Kommst du mit?"

Die Baronin schüttelte vehement den Kopf. „Das ist nichts für mich. Aus diesem ganzen Cocktailzeugs, das es dort zu trinken gibt, mache ich mir überhaupt nichts. Aber frage doch Herrn Marquart, ob er dich begleitet, oder geh' einfach allein. Du lernst sofort jemanden kennen, keine Sorge. Das ist doch der Sinn dieser Partys, dass die Feriengäste schnell Kontakt finden und auf Juist nicht vor Einsamkeit sterben." Sie stieß die Eingangstür des Auktionshauses auf. „Guck mal, da vorne sind noch zwei Plätze frei. Wollen wir uns dort hinsetzen?"

Zwei Stunden später verließen sie beschwingt das Gebäude und machten sich auf den Heimweg.

„Gut, dass du den Stuhl deiner Wahl ersteigern konntest", sagte Dorle und hakte sich bei der Baronin unter, „obwohl diese andere Dame ihn auch unbedingt wollte."

„Nun, sie hat ja dann den anderen ersteigert. Morgen Vormittag werde ich den Stuhl gleich mal abholen und übermorgen mache ich mich auf die Suche nach einem schönen Stoff. Wenn ich nichts finde, was mich begeistert, habe ich noch eine Alternative zu Hause: einen einfarbigen Samt in Veilchenblau. Kein Designerstoff, aber sehr attraktiv und zu meiner Tagesdecke würde die Farbe auch passen." Sie lächelte. „Ich kann es kaum abwarten, mich an die Arbeit zu machen."

„Vielleicht sollte ich mir auch eine kleine Handarbeit zulegen", sagte Dorle. „Eine Stickerei zum Beispiel, dann könnten wir gemeinsam vor uns hinarbeiten. Das stelle ich mir sehr gemütlich vor. Normalerweise male ich, meist Zeichnungen oder Aquarelle, aber ich würde gern auch mal etwas Neues probieren. Du hast wirklich ein herrliches Leben hier auf Juist, so beschaulich und still."

„Ja", nickte die Baronin. „Die Insel ist wirklich idyllisch. Fast wie im Paradies."

17

Charlotte Heilmann zog die Vorhänge ihres Norddeicher Hotelzimmers zurück und blickte hinaus in Richtung Hafen. Zu dumm, dass sie die Fähre verpasst hatte. Ihr Intercity war mit Verspätung in Bremen angekommen, sodass sie den geplanten Anschlusszug nicht erwischt hatte. Als sie schließlich hier in Norddeich Mole ankam, war die Fähre gerade weg. Pech gehabt. Gott sei Dank gab es genau gegenüber ein nettes Hotel, in dem sie ein freies Zimmer ergattern konnte. Sie hatte keine Lust, mit dem Zug wieder zurück nach Norden zu fahren.

Kaum hatte sie ihren Koffer aufs Bett gelegt, hatte Jens angerufen.

„Mach dir keine Sorgen, Liebling", hatte er ihr versichert, das Haus stünde noch, alles sei geputzt und in bester Ordnung. Wieder hatte sie das Gefühl, dass irgendetwas nicht stimmte, konnte es aber nicht in Worte fassen. Diese dummen Ahnungen, die sie in letzter Zeit hatte. Ständig befürchtete sie, dass er andere Frauen traf, dass er sie belog, ihr ein Lügenmärchen nach dem anderen auftischte. Und das, obwohl sie verheiratet waren. Wenn man seinem Ehemann nicht vertrauen konnte, wem dann?

Sie seufzte. Einen kurzen Moment lang hatte sie darüber nachgedacht, ob sie ihm verraten sollte, dass sie so nah war, nur einen Katzensprung entfernt übers Meer, aber dann hatte sie es gelassen. Lieber wollte sie ihn morgen überraschen, einfach unverhofft in der Tür stehen und in seine Arme fallen, und sollte er gerade mit einer anderen im Bett liegen, wäre eine Überraschung auch nicht schlecht. Nicht, dass sie ihn in flagranti erwischen wollte, allein bei der Vorstellung wurde ihr leicht übel, aber der Moment der Wahrheit kam näher, das fühlte sie tief in ihrem Innersten. Weibliche Intuition oder wie immer man es nennen wollte.

Sie ging hinunter in den Speisesaal und bestellte sich eine Kleinigkeit zu essen, dazu einen Weißwein, den ersten seit Tagen. Verrückt, so viel Geld für einen Aufenthalt in dieser Schönheitsfarm ausgegeben zu haben und nun einfach alles hinter sich zu lassen.

„Verstehe einer die Frauen", würde Jens sagen, aber so war es eben. Warum sollte sie an einem Ort bleiben, wo sie nicht glücklich war? Draußen hörte sie einen Lastwagen vorbeidonnern. Auf Juist gab es all das nicht, nur das Geräusch der Pferdewagen, Hufegetrappel oder das melodiöse Bimmeln einer Fahrradglocke. Wo konnte es herrlicher sein? In Zukunft würde sie die *Insel der Schönheit* im Hotel *Achterdiek* aufsuchen, wenn sie sich eine Kosmetik- oder Wellnessbehandlung gönnen wollte. Es war eine Schnapsidee von ihr gewesen, in den Schwarzwald zu fahren, wo sie das Gleiche auch zu Hause haben konnte, wahrscheinlich sogar besser.

„Ha, komma Sia halt bald amol wiedr! Mir dätet uns freia!", hatte die Besitzerin der Schönheitsfarm zum Abschied gesagt, aber ihnen beiden war klar gewesen, dass das nur eine Floskel war. Charlotte würde keinen Fuß mehr in den Schwarzwald setzen.

Sie hob ihr Glas und prostete leicht in Richtung Meer. „Auf Juist", murmelte sie, „und auf dich, Jens."

Nachdenklich trank sie einen Schluck Wein. Ob ihr Mann überhaupt wusste, dass er nach wie vor ihre große Liebe war, der einzige, der sie je interessiert hatte? Vielleicht gab es keine andere Frau, vielleicht bildete sie sich das wirklich nur ein. Er hatte es schließlich wieder und wieder bestritten, eine Geliebte zu haben. Vielleicht war ihm das Zusammenleben mit ihr langweilig geworden, sodass es ihn deshalb so oft außer Haus zog? Sie strich sich durchs Haar. Diese Entwicklung wäre völlig normal in einer Ehe und nichts, was eine gemeinsame Reise in die zweiten Flitterwochen nicht wieder geradebiegen konnte, oder sonstige Abwechslungen vom Alltagstrott. Charlotte lächelte. Sie hatte da schon verschiedene Ideen ... Je eher sie damit anfing, diese umzusetzen, desto besser. Am besten gleich morgen.

Gut, dass sie ihre Ferien abgebrochen hatte.

18

Donnerstag

Am nächsten Morgen nahm Charlotte die Neun-Uhr-Fähre, trank einen Cappuccino im Bordrestaurant und genoss die Fahrt übers Meer. Der gestrige Sonnenschein war einer undurchdringlichen Wolkendecke gewichen, die sich im Grau des Meeres spiegelte. Das tat ihrer Stimmung keinen Abbruch. Sie war froh, wieder daheim zu sein, zumindest in unmittelbarer Nähe.

Immer entlang der Fahrrinne schipperten sie an Norderney vorbei und nahmen anschließend Kurs auf Juist. Schon kam die östliche Inselspitze ins Blickfeld, dann der Flughafen und schließlich das mächtige Segel der Seebrücke. Ein warmes, wohliges Gefühl breitete sich in ihr aus. Endlich zu Hause.

Beschwingt ergriff sie ihren Koffer und spazierte durch den Ort in Richtung der Goldfischteiche. Jens würde wahrscheinlich am Küchentisch sitzen, stellte sie sich vor, und einen Werbetext verfassen. Gestern hatte er ihr erzählt, dass er einige neue Aufträge an Land gezogen hatte.

In dem Moment, als sie den Schlüssel im Schloss drehte, wusste sie, dass er nicht da war. Wahrscheinlich kurz einkaufen, aber dennoch ... Sonst sperrte er nie ab. Sie runzelte die Stirn. Es war sogar doppelt abgeschlossen, merkte sie. Seit wann war er so vorsichtig, wenn er mal schnell in den Ort ging?

Sie stellte den Koffer in der Diele ab.

„Jens, bist du da?", rief sie für alle Fälle, erwartete aber keine Antwort. Zögernd ging sie durchs Haus:

Küche, Wohnzimmer, Esszimmer, dann oben in die beiden Schlafzimmer und das Bad. Keiner war zu Hause, aber, höchst merkwürdig, es gab auch kein Anzeichen dafür, dass in den letzten Tagen überhaupt jemand dagewesen war. Es sei denn Jens, der Chaotiker, hatte sich plötzlich zu einem Herrn Saubermann entwickelt.

In der Geschirrspülmaschine fanden sich drei Tassen und zwei Teller, in etwa die Menge Geschirr, die Jens an einem Tag verbrauchen würde. Seit ihrer Abreise waren aber fünf Tage vergangen. War er etwa heimlich verreist? Ein Blick in den Mülleimer unter der Spüle bestätigte diese Theorie. Hier lag so gut wie kein Abfall, auch keine gelesenenen Tageszeitungen auf dem Papierstapel daneben. Charlotte lief zurück in den Flur und öffnete mit zitternden Händen den Briefkasten. Er quoll schier über mit Post und Werbung und vor der Haustür lagen säuberlich gestapelt die Zeitungen der letzten Tage. Vorhin hatte sie das gar nicht bemerkt.

Ihr wurde heiß und kalt. Was mochte das bedeuten? Unglücklich sank sie auf einen Küchenstuhl und legte den Kopf in die Hände. Jens war weg, heimlich, still und leise, bei seiner Geliebten wahrscheinlich. Mein Gott, wie dumm sie doch gewesen war, auf sein Lügengewebe hereingefallen zu sein. Ihr Ausflug in den Schwarzwald musste ihm bestens in den Kram gepasst haben.

„Du fehlst mir so, Liebling. Ohne dich ist das Haus richtig leer.“ Von wegen. Er hatte sie an der Nase herumgeführt und ihr das Blaue vom Himmel runtergelogen, während sich seine Neue wahrscheinlich grinsend neben ihm auf dem Bett geräkelt und sich bestens amüsiert hatte. Eine leichte Übelkeit stieg in ihr hoch. So war sie noch nie gedemütigt worden, weder von Jens noch von sonst einem Menschen.

Ihr Handy klingelte. Jens. Auch das noch. Sollte sie überhaupt drangehen? Zögernd griff sie zum Telefon.

„Ich hatte schon Sorgen, dich nicht zu erwischen, Liebling“, klang seine melodische Stimme durch den Hörer. „Sicher hast du gleich eine Pediküre oder ein gut aussehender Masseur knetet dich durch. Habt ihr im Schwarzwald auch so herrliches Wetter wie wir auf Juist?“

Mechanisch blickte sie zum Fenster, gegen das die ersten Regentropfen prasselten. Wo immer ihr Mann sein mochte, auf Juist war er jedenfalls nicht. Jens hatte keine Ahnung, wie das Wetter auf der Insel war. Er hätte sich wenigstens die Mühe machen können, den Wetterbericht zu prüfen.

„Wahrscheinlich nicht“, antwortete sie ausweichend. „Wo bist du?“

„Zu Hause, natürlich. Ich habe es mir gerade mit einem Kaffee am Küchentisch gemütlich gemacht und lese Zeitung.“

Lügner!

„Nachher werde ich meinen Werbetext für die Broschüre schreiben und mich anschließend in den Strandkorb setzen und ein wenig Sonne tanken “, fuhr er fort. „Mit dir wäre es natürlich viel schöner. Du glaubst nicht, wie sehr ich dich vermisse, Liebling. Du mich auch?“

Tränen schossen ihr in die Augen, sie hätte ihm nicht antworten können, selbst wenn sie gewollt hätte. Von draußen drang das erste Donnergrollen in die Küche, röhrend wie ein wütender Löwe.

„Was war das für ein Geräusch?“

„Schlechte Verbindung, ich kann dich kaum verstehen“, war alles, was sie hervorbringen konnte.

„Machen wir lieber Schluss. Lass dich so richtig verwöhnen, Süße, und vergiss mich nicht.“

Dann war die Leitung tot. Er hatte aufgelegt.

Charlotte brach in hemmungsloses Schluchzen aus. So ist das also, wenn die Welt untergeht, weil der Mann einen verlässt, dachte sie, während die Tränen heiß und hoffnungslos über ihr Gesicht flossen. Was, um Himmels Willen, soll ich jetzt tun?

Schließlich hatte sie das Vernünftigste gemacht, das man in einer solchen Situation tun konnte: Sie hatte sich ins Bett gelegt und erschöpft eine Stunde geschlafen. Anschließend war sie einfach liegen geblieben, die Bettdecke bis zum Kinn hochgezogen, und hatte zum Fenster hinausgestarrt. Einfach so, in den Regen und die grauen Wolken, die vorüberzogen, ohne irgendetwas davon richtig wahrzunehmen.

Wie sollte sie das ertragen, fragte sie sich, auf einer Insel wie Juist, wo jeder jeden kennt? Jeder würde mitkriegen, dass ihr Mann mit einer anderen davongelaufen war. Sie würden tuscheln, dass sie eine schlechte Liebhaberin gewesen sei oder zu Hause zanke wie ein Fischweib ... Und Jens? Womöglich würde er sich mit seiner Neuen auf Juist niederlassen. Ach, natürlich würde er das, als waschechter Juister, dessen Großeltern schon auf der Insel gewohnt hatten! Und sie würde dem Turtelpärchen ständig über den Weg laufen. Im *Frischemarkt*, am Kurplatz und einfach überall.

Erneut traten Tränen in ihre Augen, aber sie wischte sie energisch fort. Das fehlte gerade noch, dass ihr Lügner von einem Ehemann sie zu einem psychischen Wrack degradierte. Zu einer, die vor lauter Schluchzen keinen klaren Gedanken mehr fassen konnte. Wenn ihre Mutter noch lebte, hätte sie sie jetzt anrufen und um Rat bitten können.

„Angriff ist die beste Verteidigung", hätte Mutti wahrscheinlich gesagt, oder zumindest etwas in diesem Sinn. Ihre Mutter war eine patente Frau gewesen.

Charlotte richtete sich auf und schwang die Beine über die Bettkante. Ja, genau so wollte sie es halten. Wenn sie überall im Ort herumerzählte, dass sie genug von Jens hatte und ihn rausgesetzt habe, wäre das Getuschel schon mal im Keim erstickt, zumindest solches, das gegen sie selbst gerichtet war. Statt dessen würde man sich über *ihn* den Mund zerreißen. Sie lächelte. Wenigstens dieser kleine Triumph blieb ihr auf diese Weise, wenn schon nichts anderes.

Einigermaßen gefestigt ging sie in die Küche hinunter, setzte Teewasser auf und beschloss, schnell ihre schmutzige Kleidung in die Waschmaschine zu stopfen, während der Kessel das Wasser erhitzte. Dann hatte sie diese leidige Arbeit schon mal hinter sich. Sie öffnete den Koffer, der nach wie vor in der Diele stand, holte den Wäschesack heraus und stieg in den Keller. Die Treppenbeleuchtung funktionierte nicht, doch das Licht, das oben aus dem Flur drang, erhellte die Stufen völlig ausreichend. Charlotte betrat die Waschküche und schaltete die Beleuchtung ein. Der Anblick, der sie erwartete, ließ ihr das Blut in den Adern gefrieren.

Charlotte brauchte einige Minuten, um zu kapieren, dass vor ihr auf dem Betonfußboden eine Tote lag, in ihrem eigenen Keller. Ihr rotes Haar glänzte im Neonlicht der Deckenlampe, sie lag auf dem Bauch, mit dem Gesicht nach unten. Geschockt versuchte Charlotte das Bild der Silberfischchen aus ihrem Gedächtnis zu verbannen, die blitzschnell unter der Toten verschwunden waren, als sie das Licht angeschaltet hatte.

„Mein Gott", hauchte sie, „er hat sie umgebracht."

Die Erkenntnis raubte ihr den Atem. Jens hatte seine Geliebte ermordet, im Streit wahrscheinlich. Dann hatte er sie in den Keller gelegt und war geflüchtet. Dieses feuerrote Haar ... Das musste die Frau sein, mit der sie ihn neulich im Gespräch gesehen hatte, die mit dem Hund. Wie benommen stieg sie über die Leiche, legte die Wäsche in die Trommel der Waschmaschine und stellte das Schonprogramm ein. Dann ging sie zurück in die Küche und brühte Tee auf.

„Ruhig, ganz ruhig." Charlotte hielt den Becher mit beiden Händen umklammert, was ihr auf merkwürdige Art Trost spendete. Als Kind hatte sie ihren Becher auch immer so gehalten. Wohlig lief der Tee ihre Kehle hinunter, heiß und süß, und löste langsam den Kloß des Entsetzens, der sich dort gebildet hatte. Mit jedem Schluck, den sie trank, wich der Schock, der sich ihrer bemächtigt hatte. Ihr Blick fiel auf das Handy, das vor ihr auf dem Küchentisch lag. Nachdenklich nahm sie es in die Hand. Eigentlich sollte sie die Polizei anrufen.

‚Tu's nicht', flüsterte eine eindringliche Stimme in ihrem Hinterkopf. ‚Das darf nie einer erfahren, sonst bist du verloren. *Sie ist mit einem Mörder verheiratet,* werden die Leute tuscheln, wenn du an ihnen vorbeigehst.'

‚Oder sie denken womöglich, *du* hättest diese Rothaarige umgebracht', hörte sie die Stimme ihrer Mutter sagen. ‚Denk daran: Angriff ist die beste Verteidigung.'

Charlotte legte das Handy zurück auf den Tisch. Die Juister würden nie vergessen, was hier passiert war, wenn sie jetzt meldete, eine Leiche gefunden zu haben, aber wohin mit der Toten? Sie konnte sie schließlich nicht gut mit der Karre quer über die Insel rollen, um sie irgendwo abzulegen. Außerdem würde über kurz oder lang herauskommen, dass Jens etwas mit der Frau gehabt hatte, und dann wäre sowieso alles für die Katz'.

Unruhig stand sie auf und ging ans Fenster. Es nieselte jetzt, die schwarzen Gewitterwolken waren anderen in Stahlgrau gewichen. Die Farbe der Gitterstäbe im Gefängnis, stellte sie sich vor. Ihr Blick fiel auf das regennasse Dach des nachbarlichen Frühstücksraums. Das junge Ehepaar hatte ihn über die Wintermonate angebaut, alles in Eigenbau, und die restlichen Backsteine, die sie nicht gebraucht hatten, hinter dem Schuppen im Garten gestapelt. Eine ganze Menge Steine, wahrscheinlich wollten sie nach der Sommersaison noch irgendwo eine Wand einziehen. Charlotte runzelte die Stirn. Wenn sie nun selbst ...

Sie drehte sich um, eilte ein zweites Mal hinunter in den Keller und nahm die Mauernische in Augenschein, in der sie die Getränkekästen stapelten. Wenn sie die Kisten wegschöbe und die Frau hier einmauerte, würde die Leiche nie gefunden werden, jedenfalls nicht, solange sie selbst hier lebte und über die Gruft wachte, und Jens würde sowieso nicht den Nerv haben, wieder aufzutauchen. Sie blickte auf die Uhr. Ihre Nachbarn würden erst in ein paar Stunden von der Arbeit kommen, ebenso die Leute von gegenüber, von deren Wohnzimmer aus man hätte sehen können, dass sie Backsteine von nebenan in ihren Keller trug. Die Luft war also rein und Mörtel hatte Jens sowieso immer auf Lager. „Für alle Fälle", wie er immer sagte.

Jetzt war so ein Fall. Charlotte krempelte die Ärmel hoch.

19

Leo Marquart schloss die Haustür auf und ließ den Hund von der Leine, der sich umgehend den Regen aus dem Fell schüttelte und dann in der Küche verschwand, um etwas zu trinken.

„Frau Claasen", rief Marquart durch den Flur. „Nicht erschrecken. Ich bringe gerade den Hund zurück."

„Ich bin im Wohnzimmer", antwortete die alte Dame. „Kommen Sie doch einen Moment herein."

Wenige Minuten später saß er gemütlich auf dem Sofa neben ihr, eine Tasse Tee in der Hand, und plauderte.

„Es macht überhaupt nichts, wenn der Hund ein wenig Dreck ins Haus bringt", sagte Frau Claasen auf sein Geständnis, dass der Flatcoat sich gerade ausgiebig im Haus geschüttelt hatte. „Ich habe die Tage genutzt und eine reizende Putzfrau aufgetrieben, die hier saubermacht, solange Hannes und Lily keine neue Haushaltshilfe haben. Wer weiß, vielleicht kommen sie in Zukunft sowieso ohne das aus. Lily scheint größte

Fortschritte zu machen und die Reise an die Algarve vollauf genossen zu haben."

„Sie kommen nachher mit der Fähre nach Hause, nicht wahr, nicht im Flugzeug?"

Frau Claasens Augen leuchteten auf. „Ich freue mich schon sehr, die beiden an meinem letzten Abend noch einmal so richtig genießen zu können. Es gibt Bauernbrot mit Krabbensalat, den habe ich fertig angerichtet im Ort erstanden. Danach Zitroneneis, das mag Lily so gern." Lächelnd deutete sie auf den gedeckten Tisch in der Ecke. „Gleich heute früh habe ich alles vorbereitet, so aufgeregt war ich, dass die zwei wiederkommen." Das Telefon klingelte. „Wären Sie bitte so nett, mir den Hörer zu reichen?"

Leo Marquart sprang auf, um ihr das Gewünschte zu holen.

Sie hielt den Apparat ans Ohr, lauschte, und man brauchte kein Hellseher zu sein, um zu merken, dass sie keine freudige Nachricht erhielt. Besorgt sah Marquart einen Ausdruck der Enttäuschung in ihre Augen treten.

„Sie kommen erst morgen", sagte Frau Claasen und legte das Telefon neben sich ab. „Ihr Flugzeug hatte Verspätung, deshalb haben sie die Fähre verpasst. Nun übernachten sie in Norden und kommen morgen Vormittag an."

„So ein Pech, das ist doch dieselbe Fähre, mit der Sie nach Hause fahren, oder?"

Sie nickte. „Zu schade, jetzt sehe ich Lily und Hannes nur ein paar Minuten lang im Hafen, wenn überhaupt, und die ganzen Krabben kann ich auch nicht allein essen. Hätten Sie vielleicht Lust, mit den beiden

Damen zum Abendbrot zu kommen? Sie würden mir eine große Freude machen."

Marquart sagte dankend zu. Die Baronin hatte zum Abendbrot zwar eine Hühnersuppe vorbereitet, wusste er, aber die konnte warten. Um nichts in der Welt hätte er Frau Claasen heute Abend allein hier sitzen lassen, mit ihrem Krabbensalat und dem seit Stunden gedeckten Tisch. Sicherlich würde die Baronin das genauso sehen.

20

Freitag

Die Sonne schien auf die Insel als sei sie nie verschwunden gewesen, und der Himmel überspannte die Nordsee wie ein riesiges, blaues Zeltdach. Die gestrigen Wolken waren verweht, die regennassen Straßen und Hausdächer längst getrocknet und die Urlaubsgäste zogen mit ihren Schaufeln und Handtüchern zum Strand, um Sandburgen zu bauen oder sich in die salzigen Wellen zu stürzen. Sommerstimmung lag in der Luft, eine Mischung aus Kinderlachen, dem Geruch nach Sonnencreme und allgemeiner Urlaubsfröhlichkeit.

Leo Marquart befand sich nicht auf dem Weg zum Strand, sondern spazierte Arm in Arm mit Frau Claasen in die entgegengesetzte Richtung. Für die alte Dame war die Ferienzeit vorbei, selbst wenn sie gerne hiergeblieben wäre.

„Ich habe einen Termin bei meinem Hamburger Augenarzt“, hatte sie gestern Abend erklärt, nachdem die Baronin gefragt hatte, ob sie ihren Aufenthalt auf Juist nicht für ein paar Tage verlängern könne. „In den nächsten Wochen steht bei mir eine Staroperation an. Wenn ich die morgige Voruntersuchung absage, muss womöglich die ganze Operation verschoben werden.“

Nun trippelte sie also neben ihm zum Hafen, während er ihre Reisetasche trug. Bei dem leichten Gepäck, das sie bei sich führte, hatte er auf eine Karre verzichtet.

„Ich hoffe sehr, dass ich Lily und Hannes noch sehe, bevor ich aufs Schiff muss“, sagte sie zum wiederholten Mal, und er hoffte das auch. Nicht nur, um ihr eine Freude zu machen, sondern auch, weil er auf die sagenhafte Lily neugierig geworden war. Gestern Abend beim Essen hatte Frau Claasen kaum von etwas anderem gesprochen. Ihre Großnichte war ihr besonders ans Herz gewachsen, allerdings kein Wunder, denn sonst schien es keine weitere Familie zu geben.

Kaum hatten sie die Reisetasche auf den Gepäckwagen gestellt, war auch schon die Fähre eingelaufen und die ersten Passagiere verließen das Schiff. Frau Claasen konnte nicht die Hand vor ihren Augen erkennen, wie sie erklärt hatte, deshalb übernahm es Marquart, Ausschau nach ihren Verwandten zu halten. Kroeger war nicht unter den Reisenden zu entdecken und Lily kannte er nicht. Sie würden doch die Fähre nicht schon wieder verpasst haben?

Doch nein, gerade als er schon gedacht hatte, die beiden seien bestimmt noch drüben in Norddeich, tauchte Hannes Kroegers hünenhafte Gestalt vor ihm auf, gefolgt von einer leicht gebräunten Blondine mit breitkrempigem Strohhut und eleganter Sonnenbrille. Sie trug eine weiße Leinenhose und eine rosa Bluse, das lange Haar fiel locker über ihre Schultern. Eine sehr attraktive Frau.

Lily Kroeger eilte auf ihre Tante zu und umarmte sie liebevoll. „Tante Annie“, murmelte sie und gab der alten Dame einen Kuss auf die runzlige Wange.

Frau Claasen strahlte. „Wie wunderbar du riechst, Lilyschatz. Dein Lieblingsparfum, nicht wahr?“

„Duty Free sei Dank“, lachte Kroeger und umarmte Frau Claasen ebenfalls herzlich. „Lily hätte in Portugal am liebsten den ganzen Laden aufgekauft. Sieh mal, Tante Annie, wir haben dir Pralinen mitgebracht, aus dieser hervorragenden Konditorei in Norden; die isst du doch so gerne.“ Er reichte ihr eine hübsch verpackte Schachtel und warf einen besorgten Blick zur Fähre. „Die anderen Passagiere steigen schon ein. Ich glaube, es wäre besser, wenn du auch aufs Schiff gehst, so gern wir noch ein bisschen mit dir schnacken würden. Nicht, dass du die Fähre verpasst wie wir gestern.“

„Du hast recht.“ Frau Claasen umklammerte ihre Handtasche. „Abschied tut weh, aber immerhin habe ich euch kurz gesehen.“ Sie umarmte die beiden ein weiteres Mal und eilte dann am Arm von Hannes Kroeger in Richtung Ticketabfertigung.

„Sie müssen Herr Marquart sein“, wandte Lily sich an Leo Marquart. „Ich habe gehört, wie nett Sie sich um unseren Hund gekümmert haben, und jetzt haben Sie auch noch meine Tante zur Fähre gebracht. Herzlichen Dank.“

„Keine Ursache, das habe ich gern gemacht.“ Marquart folgte ihrem Blick zur Fähre, wo Frau Claasen gerade im Inneren des Schiffs verschwand. „Schade, dass Sie gestern nicht mehr kommen konnten. Ihre Tante hat Sie vermisst."

Sie wandte den Kopf und schenkte ihm ein Lächeln. „Wir waren auch traurig, aber Tante Annie weiß ja wie das ist, wenn man auf Juist lebt. Es gibt immer das Risiko, die Fähre zu verpassen."

Marquart nickte. „Oder Nebel steigt auf und das Schiff kann nicht ablegen. Ich habe das auch schon erlebt und nicht nur einmal."

Kofferschwenkend trat Kroeger wieder zu ihnen. „So, das hätten wir. Tante auf der Fähre, Gepäck in der Hand ... Was ist, Lily, wollen wir gehen?"

„Einen Moment noch", bat seine Frau. „Ich möchte noch kurz winken, vielleicht sieht Tante Annie das von ihrem Sitzplatz aus."

„Kaum", brummte Kroeger, „bei dem schlechten Augenlicht." Er wandte sich an Marquart. „Ich kann Ihnen übrigens den *Backborder Hof* in Norden sehr empfehlen, falls Sie auch mal in die Verlegenheit kommen, dort übernachten zu müssen. Ausgezeichnete Küche und eine urgemütliche Bar. Na ja, ein bisschen sehr auf Friesisch gestylt. Überall Buddelschiffe und getrocknete Seesterne, um die Touristen glücklich zu machen, aber sonst gab es nichts einzuwenden. Probieren Sie das ruhig mal aus."

„Backborder Hof", murmelte Leo Marquart auf dem Heimweg, nachdem sie sich getrennt hatten. *„Backborder Hof."*

Wenn er sich das nicht gleich aufschrieb, würde er den Namen des Hotels bestimmt wieder vergessen. Vielleicht konnte er die Baronin und Dorle Schramm zu einem

Ausflug nach Norden überreden, wenn er die Übernachtung springen ließ. Sicher nicht billig, aber dann wäre er die beiden Damen schon mal zwei volle Tage lang los. Mittlerweile hatte er sich zwar an seinen Gast gewöhnt und fand sie nicht mehr so impertinent und anstrengend wie zu Anfang, aber er konnte sich nicht helfen: Ein Tag ohne Dorle Schramm war ein schöner Tag. Er konnte es kaum abwarten, bis es endlich soweit war.

21

Das Telefon klingelte. Kommissar Peter Wilkens hob ab. „Polizeistation Juist, guten Tag."

„Bärchen, ich habe völlig vergessen, Wein zu kaufen, und die Gäste kommen schon in einer halben Stunde."

Er verdrehte die Augen. Wenn Sandra etwas von ihm wollte, nannte sie ihn immer Bärchen.

„Könntest du bitte auf dem Heimweg kurz bei *Preiskauf* vorbeigehen?"

Ergeben nickte er in den Hörer. „Kein Problem, ich wollte sowieso gleich gehen. Außer einem gestohlenen Portemonnaie war heute nichts los. So könnte es immer sein; endlich hatte ich einmal Zeit, den leidigen Papierkram aufzuarbeiten. Welchen Wein soll ich denn bringen? Rot oder weiß?"

Wilkens hatte bereits seine Jacke angezogen und wollte gerade die Station verlassen, als es an der Tür klingelte.

„Ausgerechnet jetzt, das ist wieder mal typisch", brummte er und öffnete.

„Ich dachte schon, Sie seien nicht mehr hier", sagte Hannes Kroeger, der sichtlich verlegen auf der Schwelle stand. „Ich wollte nur mal kurz wegen meiner Haushaltshilfe nachhaken. Bei uns ist sie nicht wieder aufgetaucht, haben Sie vielleicht etwas Neues gehört?"

Ach Gott, diese Rothaarige, dachte Wilkens, die hatte ich ganz vergessen. Bedauernd schüttelte er den Kopf. „Nein, ich habe nichts gehört. Wenn es einen Unfall gegeben hätte, wäre ich informiert worden, also machen Sie sich keine Sorgen. Aber die Angelegenheit ist natürlich lästig für Sie."

„Das ist es nicht", sagte Kroeger. „Eine neue Haushaltshilfe ist schnell gefunden und die Tante meiner Frau hat auch schon eine neue Putzfrau organisiert. Wir machen uns aber Sorgen, weil sie auf ihr Handy nicht reagiert und ihre Kleider zurückgelassen hat."

„Die hängen noch im Schrank?"

Kroeger sah ihn ratlos an. „So viel hängt da nicht. Ehrlich gesagt haben wir keine Ahnung, wie viele Sachen sie überhaupt besaß und ob etwas fehlt oder nicht. Ihr Koffer steht auch noch da, aber vielleicht hatte sie zwei? Kann sein, dass sie nur ihre Lieblingsstücke mitgenommen hat und den ganzen Ramsch hängen ließ, damit wir den entsorgen. Trotzdem ..."

Wilkens verzog den Mund. „Haben Sie keine Heimatadresse von ihr, wo Sie mal nachhaken könnten?"

„Na ja, ich wollte eigentlich nicht nach Hamburg fahren, um an ihre Tür zu klopfen, aber vielleicht kann ich ihr mailen." Kroeger lächelte. „Danke für den Tipp, dass ich darauf nicht selbst gekommen bin ... Ich sehe gleich mal in ihrem Bewerbungsschreiben nach, ob sie eine E-Mail-Adresse angegeben hat. Schönen Abend noch."

Damit eilte er in Richtung Wilhelmstraße davon. Wilkens sah ihm hinterher. Der Weißwein fiel ihm wieder ein. Jetzt aber nichts wie ab, sonst machte der Laden noch zu. Es war schlimm genug, dass er eventuell später als die Gäste zu Hause ankommen würde, wenn er auch noch ohne Flasche unterm Arm erschien, würde Sandra mindestens drei Tage kein Wort mehr mit ihm sprechen.

„Halb sieben, wir machen gerade zu", verkündete die Verkäuferin, die den Schlüssel bereits ins Türschloss gesteckt hatte, ließ ihn aber noch rein. „Weil Sie's sind."

„Tausend Dank", sagte er und warf ihr eine Kusshand zu. „Das vergesse ich Ihnen nie."

Die Frau verzog den Mund. Ihr Blick verriet ihm deutlich, was sie dachte. Typisch Mann. Die Kerle sagten immer das Gleiche.

22

Samstag

Nachdem wegen des Besuchs so wenig Zeit für Hausarbeit blieb, war die Baronin bereits in aller Herrgottsfrühe aufgestanden und hatte das Untergeschoss gründlich abgestaubt, den Staubsauger wollte sie zu dieser Uhrzeit noch nicht benutzen. Anschließend hatte sie die Küche gewischt, das Silber und sämtliche Türgriffe geputzt, bis sie glänzten wie in einem Kapitänshaus, und den Frühstückstisch gedeckt. Leo Marquart, der bereits in Jogginghose und T-Shirt zum Strand gelaufen war, würde auf dem Rückweg frische Brötchen mitbringen.

Sie ließ den Blick in die Runde schweifen. Alles perfekt, bis auf die Sache mit dem Staubsauger natürlich, aber es machte sowieso Sinn, das erst nach dem Frühstück in Angriff zu nehmen. Sonst hätte sie auf dem frisch gesaugten Teppich in Nullkommanichts die ganzen Brötchenkrümel liegen.

Zwei Stunden später stand sie wieder in der Küche, um sich einen Instantcappuccino aufzubrühen, bevor sie sich an die Arbeit machte. Leo Marquart hatte sich in sein Arbeitszimmer zurückgezogen, um zu schreiben, und Dorle war in den Ort gegegangen, um ein Geschenk für ihre Schwester sowie einen Stickrahmen, Nadel und Garn zu kaufen. Die Servietten, die sie besticken wollte, hatte die Baronin zur Verfügung gestellt.

Den Kaffeebecher in der Rechten, ging die Baronin ins Esszimmer, das heute als Polsterwerkstatt fungieren würde. Auf dem Tisch lagen Holzwolle und ihre Werkzeuge bereit, daneben der veilchenblaue Samt. Obwohl sie eigentlich einen anderen Bezug für den Biedermeierstuhl im Sinn gehabt hatte, wäre es doch schade gewesen, das edle Material nicht zu verwenden, wenn sie es schon hatte. Warum unnötig Geld ausgeben und dieses Veilchenblau war wirklich entzückend.

Die Federung war völlig in Ordnung, entschied sie, während sie cappuccinotrinkend auf dem Stuhl Probe saß. Ein wenig mehr Holzwolle konnte allerdings nicht schaden. Gut, dass sie davon noch ein Säckchen hatte, alles von damals aus dem Polster-Kurs. Man sollte niemals etwas wegschmeißen, irgendwann konnte man es immer wieder gebrauchen. Sie trank einen letzten Schluck, stellte die Tasse ab und machte sich an die Arbeit.

Vorsichtig löste sie die angeklebte Zierborte, entfernte die Nägel und zog schließlich den Bezugsstoff ab. Bestimmt war das Grün früher einmal frisch und farbenfroh gewesen, aber der Stuhl hatte wohl jahrelang in der Nähe des Fensters gestanden, verschossen wie er aussah. Zu viel Sonneneinstrahlung schadete der Farbe. Kritisch begutachtete sie die Holzwolle, die nun offen vor ihr lag. In der Mitte befand sich eine deutliche Kuhle, wahrscheinlich heruntergesessen. Die Stelle würde sie auffüllen, dann den Samt darüberspannen, und fertig ...

Sorgsam schob sie mit den Fingern die Holzwolle auseinander, um sich einen Eindruck zu verschaffen, wie viel sie aufpolstern musste. Etwas Glänzendes schob sich in den Blick, silbern und rot-braun. Etwas, das auf keinen Fall in die Polsterung eines Biedermeierstuhls gehörte. Die Baronin sog scharf die Luft ein.

Was um alles in der Welt machte ein rostiges Messer in dem Stuhl? Mit spitzen Fingern holte sie es heraus und betrachtete es von allen Seiten. Dann fiel es ihr wie Schuppen von den Augen: Das war kein Rost. An der Klinge klebte Blut.

Sie richtete sich auf, holte einen Frischhaltebeutel aus der Küche und legte vorsichtig das Messer hinein. Es war Zeit für einen Besuch bei der Polizei.

Gemeinsam mit Leo Marquart, den sie aus seinem Arbeitszimmer gescheucht hatte, eilte die Baronin in Richtung Carl-Stegmann-Straße.

„Sie haben ein ganz schönes Tempo drauf", beschwerte sich Marquart. „Richtig stürmisch. Wer soll denn da mithalten?"

Sie warf ihm einen ungnädigen Blick zu. „Sie und Ihre ewigen Frotzeleien. Selbstverständlich habe ich es eilig. Wenn man einen Mord melden will ..."

„Einen Mord? Dass Sie ein Messer gefunden haben, muss doch noch lange nicht bedeuten, dass hier ein Verbrechen vorliegt."

„Das sagen ausgerechnet Sie, der Krimiautor mit der überschäumenden Fantasie. Können Sie mir mal verraten, warum sich jemand sonst die Mühe machen sollte, ein blutiges Messer in einem Stuhl zu verstecken?"

Marquart zuckte die Achseln. „Da könnte es viele Gründe geben."

„Welche?"

„Mir fällt gerade keiner ein."

Ohne ihn einer Antwort zu würdigen, stürmte sie die Stufen zur Polizeistation hoch und drückte auf die Klingel.

„Hmm", sagte Peter Wilkens zum wiederholten Mal und kratzte sich am Kopf. „Was soll ich denn jetzt mit dem Ding machen?"

„Das fragen sie *uns*?" Die Baronin sah ihn mitleidig an. „Wir bringen Ihnen eine Mordwaffe und Sie wissen nicht, was Sie damit machen sollen?"

„Nun machen Sie mal halblang", konterte Wilkens. „Von Mordwaffe kann überhaupt keine Rede sein. Woher soll ich wissen, ob das nicht Schweineblut ist? Und überhaupt: Wenn der Stuhl schon 180 Jahre alt ist, ist dieses verdammte Messer bestimmt genauso alt."

„Wenn das ein Mörder aus der Biedermeierzeit ist, ist der Kerl längst tot", haute Marquart in die gleiche Kerbe. „Ein Skelett in einer Gruft."

„Das ist aber kein Messer aus der Biedermeierzeit", fauchte die Baronin.

„Wieso?" Wilkens sah nicht ein, wieso es nicht so sein sollte. „Sie haben doch selbst gesagt, dass die Nägel, die Sie beim Ablösen des Stoffs aus dem Stuhl gezogen haben, alte Nägel von anno tobak sind. Nichts Neues aus dem Baumarkt."

Die Baronin holte tief Luft. „Also, erstens mal, hätte ich dieselben Nägel wieder eingenagelt, und es gibt keinen Grund, warum das nicht schon jemand vor mir gemacht haben sollte, und zweitens steht ‚Edelstahl rostfrei' auf der Klinge. Sie glauben doch selbst nicht, dass das damals schon auf die Messer geprägt wurde."

Wilkens und Marquart beugten sich unisono über das Fundstück. „Tatsächlich", murmelte der Polizist. „Das habe ich glatt übersehen. Trotzdem ..."

„Trotzdem was?"

„Hören Sie, ich behalte das Messer gerne hier und lasse es in Gottes Namen auch untersuchen, wenn die im Labor mal einen Moment erübrigen können, aber ohne einen Verletzten zu haben, kann ich das Ding nicht als Tatwaffe führen." Erneut kratzte er sich am Kopf. „Wir können nicht für alles, was die Leute am Strand finden und für verdächtig halten, eine Akte anlegen. Bestimmt steckt etwas total Harmloses dahinter. Sie sollten sich wirklich keine Sorgen machen."

„Ich habe es aber nicht am Strand gefunden, sondern in der Holzwolle eines Stuhls versteckt", sagte die Baronin. „Versprechen Sie mir, dass Sie das Messer untersuchen lassen und mir mitteilen, ob es sich wirklich nur um Schweineblut handelt?"

Wilkens nickte.

Sie nahm ihre Handtasche vom Tresen. „Ich werde regelmäßig vorbeikommen und Sie daran erinnern, nur für den Fall, dass Sie es vergessen sollten." Dann rauschte sie hinaus und schlug die Tür hinter sich zu.

„Mann oh Mann", sagte Wilkens. „Ein Temperament hat die Frau ... Wie halten Sie das bloß mit ihr aus?"

„Das frage ich mich auch", grinste Marquart. „Jeden Tag aufs Neue."

23

Dorle Schramm verbrachte einen höchst angenehmen Tag beim Einkaufsbummel durch den Ort. Sie schlenderte die Strandstraße und die Wilhelmstraße auf und ab, warf lange Blicke in die Auslagen der Schaufenster und stöberte in verschiedenen Geschäften nach einem geeigneten Geburtstagsgeschenk für ihre Schwester. Natürlich gab es jede Menge Dinge, die sie hätte kaufen können, aber Roswitha hatte die ärgerliche Angewohnheit, an Geschenken herumzumäkeln. Während andere Leute sich überschwänglich bedankt hätten, selbst wenn sie das Geschenk nicht so schön fanden, machte Roswitha bissige Bemerkungen. Dabei ging es doch vor allem um die Geste.

„Sieht aus wie ein Wanderpokal", hatte sie erst vergangene Weihnachten gesagt, nachdem sie die hübsche Geschenkbox mit den verschiedenfarbigen Badesalzen aufgerissen hatte, die Dorle mit viel Sorgfalt ausgesucht hatte. „Hast du das bei der Tombola gewonnen?"

Ihr Ehemann und Gitta, die phlegmatische Tochter, die mit Ende zwanzig immer noch zu Hause wohnte, hatten ein unterdrücktes Kichern von sich gegeben, an das Dorle sich nur ungern erinnerte. Um dem Ganzen die Krone aufzusetzen, hatte sie selbst nicht das geringste Geschenk unter dem Baum vorgefunden, nicht eine Packung Kekse. Das hatte das Maß voll gemacht: Ein weiteres Weihnachten würde sie keinesfalls bei ihrer Schwester verleben.

Selbstverständlich war es für sie nicht in Frage gekommen, Roswitha um Unterschlupf zu bitten, als ihr Ex sich so plötzlich von ihr getrennt hatte oder sie sich von ihm, je nachdem, wie man es sah. Aber da es seine Wohnung war, hatte sie auf der Straße gestanden und in ihrer Not nur eine einzige Person gehabt, an die sie sich vertrauensvoll wenden konnte: Die liebe Margana, ihre Reisebekanntschaft von der Loire-Reise, die hier auf Juist das Haus eines Krimiautors in Stand hielt. Damals hatte sie natürlich nicht gewusst, was für eine Art Mensch dieser Herr Marquart wohl sein mochte. In seinen Büchern lagen stapelweise Leichen herum, fast schon kriminell, aber nun, da sie ihn kennengelernt und sich an seine kleinen Eigenheiten gewöhnt hatte, fand sie ihn recht umgänglich.

Vor dem Schaufenster einer Boutique kam sie zum Stehen. Das blau-weiß gestreifte T-Shirt in der Auslage konnte sie gut für die Strandparty heute Abend gebrauchen. *Pirat ahoi!* war das Thema, aber sie hatte nicht die Absicht, sich in Unkosten zu stürzen und einen Piratenhut oder ähnlichen Schnickschnack zu kaufen. Sie stieß die Glastür auf und betrat das Geschäft. Ein blau-weiß gestreiftes T-Shirt konnte man immer gebrauchen.

Eine Stunde später schwenkte sie nicht nur eine Tasche mit dem Namenszug der Boutique, sondern eine weitere mit einem hübschen Briefbeschwerer aus Acryl, in den ein Seestern gegossen war. Dorle war froh, endlich ein passendes Geschenk gefunden zu haben, das höchstwahrscheinlich den Geschmack ihrer Schwester treffen würde. Zufrieden gönnte sie sich einen Kaffee im Freien, an einem Tisch des netten Cafés am Kurplatz, in dem sie neulich schon mit ihrer Freundin gesessen hatte. Die Tasse in der Hand, beobachtete sie die Kinder, die sich am Schiffchenteich amüsierten und erfreute sich an den Melodien des Kurorchesters, die die Sommerluft erfüllten. Der Kurplatz war menschengefüllt wie selten, das musste am Wetter liegen. Ihr Blick blieb quer über den Platz an einer jungen Frau hängen, die an den Schaufenstern und Restaurants entlangbummelte. Ihr Profil, das blonde Haar ... konnte es sein ...?

Dorle setzte die Tasse ab und sprang auf. „Silke! Silke Schramm, bist du das?“

Die junge Frau drehte den Kopf, sah kurz in ihre Richtung und verschwand in der Menge.

„Silke“, rief Dorle erneut und lief ihr ein paar Schritte hinterher, aber die Blondine hatte sich in Luft aufgelöst. Pech! Sie hatte sie nicht gehört. Das Kurkonzert musste ihre Stimme übertönt haben.

Dorle schaute ein weiteres Mal in alle Richtungen, nur für den Fall, dass die Frau doch noch irgendwo stand, und kehrte dann zu ihrem Tisch im Café zurück. Nicht, dass die Bedienung dachte, sie wolle die Zeche prellen ... Enttäuscht ließ sie sich auf den Korbstuhl sinken. Nur einen winzigen Moment lang hatte sie einen Blick auf das Gesicht der Frau werfen können, aber lange genug, um sicher zu sein, tatsächlich ihre verschwundene Nichte vor sich zu haben.

„Sie hat sich überhaupt nicht verändert", murmelte Dorle in ihre Kaffeetasse hinein. „Natürlich ist sie älter geworden, immerhin sind fünfzehn Jahre vergangen, seit ich sie das letzte Mal gesehen habe, aber es gibt keinen Zweifel."

Was jetzt? Wie sollte sie am besten vorgehen? Einfach alles auf sich beruhen lassen und hoffen, dass Silke ihr irgendwann erneut über den Weg laufen würde? Ihre Schwester informieren? Sie runzelte die Stirn. Lieber nicht, Roswitha hatte mehr als einmal erklärt, dass es sie einen feuchten Kehricht interessierte, was aus ihrer Tochter geworden sei. Die Kurverwaltung fiel ihr ein. Dort müsste eigentlich jeder Gast namentlich registriert sein, aber was, wenn Silke längst verheiratet war und einen anderen Nachnamen führte? Sie konnte schlecht jede Silke, die gerade hier Urlaub machte, in ihrem Hotel aufsuchen. Davon einmal abgesehen waren die Daten, die die Kurverwaltung erfasste, sicher geheim.

„Darf ich Ihnen noch etwas bringen?", unterbrach die Bedienung ihre Überlegungen.

Dorle schüttelte den Kopf und bestellte die Rechnung.

Marquart. Ja, sie würde Leo Marquart um Hilfe bitten. Wer wusste besser als ein Krimiautor, wie in einem solchen Fall vorzugehen war?

„Und du bist wirklich sicher, dass das deine verschwundene Nichte war?“, fragte die Baronin und piekste ein Stück Erdbeerkuchen auf die Gabel. „Es gibt doch Tausende von Blondinen, vor allem hier in Norddeutschland, und du hast sie auch nur kurz aus der Entfernung gesehen.“

Dorle, in ihrem neuen Piraten-Shirt und farbenfrohen Plastikohrringen, nickte energisch. „Ich bin hundertprozentig sicher. Das war Silke wie sie leibt und lebt. Schlank, rank, blond ... nur eben älter geworden. Zu schade, dass sie mich nicht gehört hat. Das Konzert muss mein Rufen übertönt haben.“

„Sie sagten aber doch, dass die Frau in Ihre Richtung geblickt hat?“, wandte Leo Marquart ein. „Hat sie Sie nicht gesehen?“

„Das war Zufall, wie man in belebten Straßen eben so um sich guckt, ohne zu realisieren, dass ein bekanntes Gesicht in der Menge ist.“ Dorle kratzte das letzte Restchen Sahne von ihrem Teller. „Wenn ich nur wüsste, wie ich Silke jetzt wiederfinde. Seit Jahren mache ich mir Gedanken, dass ich mich mehr um das Kind hätte kümmern sollen, und nun ist sie in unmittelbarer Nähe und ich weiß nicht wo.“

„Du könntest jeden Tag zur Fähre gehen und gucken, ob sie einsteigt“, schlug die Baronin vor.

„Das bringt doch nichts“, sagte Marquart. „Zum einen ist überhaupt nicht gesagt, dass sie mit dem Schiff angereist ist, sie könnte genauso gut geflogen sein, und zum anderen sähe man sie sozusagen nur von hinten. Bei der Abreise ist keine Zeit für große Wiedersehensfreude.“

„Was mache ich denn aber dann?“, jammerte Dorle. „Haben Sie keine gute Idee, Herr Marquart?“

Er zuckte die Achseln. „Spontan würde ich Ihnen raten, regelmäßig in dieses Café am Kurplatz zu gehen, um nach Ihrer Nichte Ausschau zu halten. Wenn sie heute dort war, stehen die Chancen gut, dass sie morgen auch wieder vorbeikommt. So weitläufig ist Juist nicht, dass man nicht immer wieder denselben Leuten über den Weg läuft. Außerdem würde ich alle Touristenattraktionen abklappern."

„Die Strandparty. Natürlich!" Dorle sprang auf. „Am besten, ich gehe sofort los, damit ich sie nicht verpasse. Wissen Sie was? Ich habe ein richtig gutes Gefühl. In meinem Horoskop stand: ‚Am Abend erwartet Sie eine schicksalhafte Begegnung.' Das sagt doch schon alles!"

Marquart enthielt sich eines Kommentars. Wer glaubte schon an sowas? Die schicksalhafte Begegnung würde sich ziemlich wahrscheinlich als betrunkener Pirat aus dem Ruhrpott herausstellen, der sich an ihre Fersen heftete.

„Abends weht immer eine leichte Brise vom Meer über den Strand. Möchtest du einen Schal von mir leihen, Dorle?", fragte die Baronin. „Ich habe einen Chiffonschal in Türkis, der gut zu deinem neuen T-Shirt passt."

„Hoffentlich hat sie Glück", seufzte die Baronin, nachdem ihre Freundin zum Strand abgezogen war, und räumte das Geschirr auf ein Tablett. „Ich würde es ihr wünschen. Jetzt haben wir ihr vor lauter Aufregung über die Nichte gar nichts von dem Messer im Stuhl berichtet."

„Egal", murmelte Marquart und griff zur Fernbedienung. Die Tagesschau war im Moment wichtiger. „Erzählen Sie's ihr einfach morgen."

24

Sonntag

Es war morgens um viertel nach fünf und Gabriel war noch nicht mal ins Bett gekommen. Seiner Energie hatte das allerdings keinen Abbruch getan. Wenn man erst einmal über den toten Punkt hinaus war ...

Das Gute an seinem Ferienjob als Barkeeper bei den abendlichen Strandpartys war, dass man jede Menge Leute kennenlernte, vor allem natürlich hübsche Mädchen. Fast jeden Abend wartete eine auf ihn und zog ihn mit ins Hotel oder auf ein Handtuch hinter dem nächsten Strandkorb, je nachdem. Bei Regenwetter hatte er frei, wurde aber trotzdem bezahlt und seine Unterkunft sowieso, die er sich allerdings mit einem anderen Barkeeper teilen musste. Na ja, der Typ schnarchte, aber sonst war es ganz okay. Nichts, was ein Paar Ohropax nicht in Ordnung gebracht hätte.

Langsam joggte Gabriel den Strand entlang. Seine gestrige Braut hatte sich als Einheimische mit eigener Wohnung im Loog herausgestellt. Gegen fünf Uhr morgens hatte er sich von ihr verabschiedet. Er hätte zwar auch bis zum Frühstück bleiben können, sie hatte sogar selbstgebackene Croissants versprochen, aber sie sollte gar nicht erst auf die Idee kommen, dass er mehr wollte als einen One-Night-Stand. Von festen Beziehungen hatte er genug.

Er lief an der Strandbar vorbei, hinter der er heute Abend wieder stehen und Cocktails mischen würde, direkt vor der Silhouette des erwürdigen Strandhotels *Kurhaus*. Weiter vorne, nur wenige Meter von ihm entfernt, lag jemand im Sand, gleich bei den Strandkörben. Eine Frau, so wie's aussah, eine mit gestreiftem T-Shirt. Er runzelte die Stirn. Wahrscheinlich pennte sie dort, hatte vielleicht ein paar Cocktails zu viel getrunken. Die Dinger waren teuflisch, wenn man sie nicht gewöhnt war, aber es schadete nichts, nach dem Rechten zu sehen, schließlich studierte er Medizin.

Gabriel beschleunigte sein Tempo und joggte näher heran.

25

Wo Dorle bloß bleibt?, fragte sich die Baronin und warf einen unsicheren Blick auf den Frühstückstisch. Leo Marquart und sie hatten längst gegessen, aber selbstverständlich hatte sie Dorles Gedeck und alles andere stehenlassen. Der Tee dürfte mittlerweile allerdings kalt sein. Ob sie neuen aufbrühen sollte oder lieber noch warten?

Sie sah auf die Uhr. Halb zwölf, sogar ihren sonntäglichen Kirchgang hatte sie verpasst. Eigentlich konnte ihre Freundin schlecht von ihr erwarten, ihr noch um die Mittagszeit Frühstück zu servieren. Wenn sie nicht sofort herunterkam, hätte sie Pech gehabt.

„Meinen Sie, ich sollte sie wecken?", fragte sie Leo Marquart, der mit der Sonntagszeitung auf dem Sofa saß und las. „Oder soll ich abräumen?"

„Beides", brummte Marquart ohne aufzusehen. „Wenn sie jetzt aufsteht, ist sie vor halb eins sowieso nicht fertig."

Recht hat er, dachte die Baronin und trug die Brötchen in die Küche. Dorle tüdelt immer so lange vor sich hin. Dann ging sie die Treppe hoch und klopfte an der Tür des Gästezimmers.

„Sie ist nicht da." Mit sorgenvoll aufgerissenen Augen stand die Baronin vor Leo Marquart. „Anscheinend hat sie gar nicht hier übernachtet, zumindest ist das Bett gemacht. Meinen Sie, ihr ist etwas passiert?"

„Was soll denn passiert sein?", versuchte Marquart sie zu beschwichtigen, obwohl ihn selbst ein ungutes Gefühl gepackt hatte. Nicht, dass er Dorle Schramm gut kannte, aber er konnte sich kaum vorstellen, dass sie bis zum nächsten Mittag nicht nach Hause kommen würde, ohne eine Nachricht zu schicken. Auch nicht, dass sie sofort dem ersten besten Lover in die Arme fiel, um die Nacht mit ihm zu verbringen. „Haben Sie Ihr Handy geprüft? Vielleicht hat sie eine SMS geschickt."

„Das habe ich schon", sagte die Baronin, nahm aber doch noch mal ihr Telefon von der Anrichte, um einen weiteren Blick darauf zu werfen. „Nichts. Keine Nachricht und auch kein verpasster Anruf. Ich bin jetzt wirklich unruhig. Das ist so gar nicht Dorles Art. Soll ich bei der Polizei anrufen, nur für alle Fälle?"

Marquart legte die Zeitung beiseite. „Sicher ist sicher, schon allein zur Beruhigung. Wahrscheinlich hat sie tatsächlich ihre Nichte auf der Strandparty getroffen und ist mit ihr ins Hotel gegangen, aber da wir nicht wissen, wo das ist und wie die Frau überhaupt heißt ..."

Mit zittrigen Fingern tippte die Baronin die Nummer der Polizeistation. „Lieber Gott", murmelte sie.

„Mach, dass ihr nichts passiert ist." Kreidebleich und leicht schwankend legte sie wenige Minuten später auf. „Sie haben eine Tote gefunden", flüsterte sie kaum hörbar. „Heute früh am Strand. Wir sollen vorbeikommen, um sie zu identifizieren."

Marquart erhob sich und drückte sie auf den nächsten Stuhl, bevor sie umkippte. „Ich glaube, vorher könnten wir beide einen Cognac vertragen."

26

Peter Wilkens Kopf schwirrte. Wenigstens wussten sie jetzt, wer die Frau war, die dieser junge Mann am Strand entdeckt hatte. Wie hieß er noch? Ach ja, Gabriel Neuberger, Medizinstudent aus Heidelberg. So ging's manchmal. Harmlos nahm man einen Ferienjob auf einer schönen Insel an und dann stolperte man über eine Leiche. Genutzt hatte es ihr allerdings nichts mehr, von einem Mediziner gefunden worden zu sein. Zu dem Zeitpunkt war sie mausetot, bereits mehrere Stunden, wie er schätzte. Wann genau, würde man bald vom untersuchenden Arzt erfahren.

Dorle Schramm war erwürgt worden, mit ihrem eigenen Schal. Besser gesagt mit dem Schal der Baronin, wie sich herausgestellt hatte. Gemeinsam mit Leo Marquart war sie auf die Polizeistation gekommen, um die Verstorbene zu identifizieren. Die Nachricht vom Tod ihrer Freundin schien schon schlimm genug für sie gewesen zu sein, aber als sie dann noch herausfand, dass diese erwürgt worden war, mit dem Tuch, das sie ihr selbst geliehen hatte, war sie dermaßen blass geworden ... Für alle Fälle hatte er die Sanitäter gerufen, um ihr ein Beruhigungsmittel zu verpassen, und Leo Marquart gebeten, dafür zu sorgen, dass sie sich zu Hause hinlegte. Schrecklich das Ganze, für alle beide. Da empfiehlt man einer Freundin einen Besuch bei der Strandparty, und dann das! Wilkens wischte sich die Stirn. Was das für den Juist-Tourismus bedeutete, mochte er sich gar nicht erst ausmalen. Wenn sich herumsprach, dass hier ein Mörder frei herumlief!

Eigentlich merkwürdig, dass Marquart und seine Haushälterin erst gestern hier gewesen waren, um ihm dieses Messer zu bringen, das die Baronin in ihrem Biedermeierstuhl entdeckt hatte. Er zog die Schublade auf, in die er ihren Fund gelegt hatte, und starrte nachdenklich auf die durchsichtige Plastiktüte, in der die ‚Mordwaffe' lag. So sehr man auch darüber nachdachte, es konnte einfach keinen Zusammenhang zwischen diesem Ding und der Toten vom Strand geben. Erstens mal war Dorle Schramm noch am Leben gewesen, als die Baronin mit dem Messer auf der Wache erschienen war; das Blut, das daran klebte, konnte also kaum von ihr stammen. Zum anderen war die Tote erwürgt worden, nicht erstochen.

Frustriert schob Wilkens die Schublade wieder zu. Sollte sich Hauptkommissar Janssen von der Auricher Tatortgruppe darüber den Kopf zermartern. Ein paar Stunden noch, dann würden Janssen und seine Leute hier auf der Matte stehen und das Zepter an sich reißen, zumindestens, was diesen Mordfall anging.

Wilkens schaltete die Kaffeemaschine ein und wühlte in seiner Schreibtischschublade nach den Keksen.

Ein Cappuccino zwischendurch tat immer gut und etwas zwischen den Zähnen sowieso.

Hauptkommissar Janssen stand vor ihm als sei er nie fortgewesen, fand Wilkens: ein weißhaariger Riese mit wettergegerbtem Gesicht und eigenwilliger Miene. Nicht, dass Wilkens seinem Kollegen nachsagen wollte, er hielte sich nicht an die Vorschriften, aber er hatte das Gefühl, dass der Mann ungewöhnliche Wege ging, wenn die Situation es erforderte.

„Wer hätte gedacht, dass ich so bald wieder hier sein würde, nach diesen Cluedo-Morden im Winter?" Janssen ließ sich auf einen Stuhl gegenüber Wilkens Schreibtisch sinken und streckte die Beine von sich. „Schießen Sie los. Ein paar spärliche Infos habe ich zwar bereits, aber viel ist es nicht. Ich höre, die Frau konnte mittlerweile identifiziert werden?"

Wilkens nickte. „Ihr Name ist Dorle Schramm, eine Bekannte von Leo Marquart und seiner Haushälterin, der Baronin, falls Sie sich an die beiden noch erinnern. Frau Schramm verbrachte ihre Ferien bei ihnen, ging aber allein zu dieser Strandparty."

„Natürlich erinnere ich mich an die beiden – und nun wird ausgerechnet ihre Bekannte umgebracht?" Janssen fuhr sich durchs Haar, das wie zerzaustes Dünengras auf seinem Kopf stand.

Wilkens fragte sich, ob er es überhaupt je kämmte. Heutzutage gab es doch fabelhafte Gels, die selbst bei Wind ...

„Trug die Tote die gleiche Kleidung, die sie getragen hatte, als sie Marquarts Haus verließ?", unterbrach Janssen seine Gedanken.

„Ja." Wilkens nahm die Akte zur Hand. „Jeans und ein blau-weiß gestreiftes T-Shirt. Ein Paar bunte Ohrringe, so ein Plastikmodeschmuck. Sandalen, Unterwäsche, einen dieser Gürtel mit einer Tasche für Geld, Handy und Schlüssel. Um den Hals hatte sie einen türkisfarbenen Chiffonschal geschlungen, mit dem sie erwürgt wurde. Den hatte ihr die Baronin geliehen."

„Auch das noch. Jetzt denkt sie wahrscheinlich, dass ihre Freundin nicht ermordet worden wäre, wenn sie ihr den Schal nicht gegeben hätte." Janssen stibitzte einen von Wilkens Keksen. „Darf ich?"

„Natürlich, greifen Sie zu." Er hatte den Keks ja sowieso schon in der Hand. Wilkens versenkte sich erneut in die Akte. „Was gibt's noch Wissenwertes? Ach ja, die Tote wurde heute morgen gegen viertel nach fünf gefunden, von einem Jogger, Gabriel Neuberger. Ein Medizinstudent, der hier einen Sommerjob als Barkeeper hat. Er steht Abend für Abend hinter der Strandbar und mixt Cocktails. Glücklicherweise hatte er unsere Telefonnummer in sein Handy gespeichert, weil immer mal wieder einer über den Durst trinkt und randaliert. Deshalb hatte er mich gleich in der Leitung, als er die Frau fand."

„Schläft der Kerl nicht, oder was? Der kann doch kaum die halbe Nacht hinter der Theke stehen und dann morgens um kurz nach fünf schon wieder zum Joggen unterwegs sein."

„Er war bei einem Mädchen", sagte Wilkens. „Im Loog. Die bestätigt das. Ein One-Night-Stand. Er wollte nicht bei ihr übernachten, sondern lieber wieder nach Hause."

„Barkeeper müsste man sein“, grinste Janssen. „Sonst noch etwas, über das ich informiert sein sollte?“

Wilkens stöhnte. „Es gibt da zwei Sachen. Sie haben nichts mit unserem Mord zu tun, soweit ich das sehe, aber ich erwähne sie lieber mal, für alle Fälle: Eine junge Frau ist vor ein paar Tagen verschwunden, die im Ort als Haushaltshilfe gearbeitet hat. Nichts Besonderes, eigentlich. Sie hat sich mit ihrem Boss über das Gehalt gestritten, dann ging sie abends aus, es war ihr freies Wochenende, und am Montag erschien sie nicht zur Arbeit.“

„Hat sie ihre Koffer gepackt?“

Wilkens zuckte die Schultern. „Anscheinend hängen noch Kleider von ihr im Schrank, aber Kroegers, die Arbeitgeber, haben keine Ahnung, ob das alles war, das sie besaß, oder nur ein Teil. Ihr Koffer steht noch im Haus, aber vielleicht hatte sie zwei und hat nur einen mitgenommen.“

„Nicht gerade aufmerksam, die Leute, aber wahrscheinlich kann man nichts anderes erwarten. Wer kennt schon die Garderobe des Personals?“

„Ich habe Kroeger geraten, es bei der Heimatadresse der Frau zu probieren. Wahrscheinlich ist sie längst wieder zu Hause und sucht eine neue Stelle.“

Janssen nickte. „Und worum geht es in dem anderen Fall?“

Wortlos zog Wilkens die Schreibtischschublade auf und legte den Beutel mit dem Messer auf den Tisch. „Sie raten nicht, wer mir das gebracht hat: ausgerechnet die Baronin, in Begleitung von Leo Marquart.“

Janssen hob die Tüte hoch und begutachtete den Inhalt. „Scheint Blut zu sein, aber so sehen meine Küchenmesser nach dem Steakschneiden auch immer aus. Wie kommt die Baronin darauf, dass hier etwas Kriminelles im Spiel ist? An sich ist sie doch eine recht bodenständige Person ohne übersprudelnde Fantasie, im Gegensatz zu Marquart."

„Das dachte ich auch, aber ... egal. Sie hat einen Stuhl neu bezogen, ein altes Ding aus der Biedermeierzeit, den sie vor ein paar Tagen bei unserem Juister Auktionator ersteigert hat. Und was findet sie in der Holzwolle?"

„Das blutige Messer", vollendete Janssen den Satz. „So was kann auch nur der Baronin passieren."

„Einen Aufstand hat sie gemacht, kann ich Ihnen sagen. Ich musste ihr versprechen, das Blut auf jeden Fall untersuchen zu lassen. Jede Wette, dass es Schweineblut ist und sich jemand einen Scherz gemacht hat, das Ding einzupolstern. Außerdem kann es Gott weiß wie lange dort gelegen haben. Mit dieser Dorle Schramm hat es jedenfalls nichts zu tun. Die lebte noch, als die Baronin mit dem Messer ankam, und außerdem wurde sie erwürgt."

„Haushaltshilfe weg, Messer im Stuhl, Tote am Strand ... da sag' mir noch einer, Juist sei eine beschauliche Insel." Janssen schnappte sich einen weiteren Keks und stand auf. Er sah auf die Uhr. „Viertel nach sechs. Na, dann werde ich mich wohl mal zu Marquarts Haus aufmachen und danach diesem Barkeeper einen Besuch abstatten. Anschließend falle ich ins Bett, nur mal so als Vorwarnung. Sie können heute Abend also nicht mit mir rechnen, aber meine Kollegen sind ja auch noch da, falls Not am Mann ist. Ich habe eine Sommergrippe in den Knochen, die ich dringend auskurieren muss, sonst wird das hier nichts." Er legte die Hand auf die Klinke. „Wo finde ich diesen Barkeeper abends am besten? In seiner Unterkunft oder an der Strandbar?"

Typisch, dachte Wilkens, als Janssen gegangen war. Da kommt mal ein anständiger Ermittler auf die Insel und dann ist er krank. Dann beugte er sich wieder über die Akten.

27

„Es ist wie ein Wunder", sagte Leo Marquart, der Janssen gegenüber im Wohnzimmer saß, die Beine übereinander geschlagen und sichtlich angespannt. Sie warteten auf den Tee, den die Baronin gerade in der Küche aufbrühte. „Kaum kommen Sie zur Tür herein, kehrt Ruhe ein. Die Baronin hat sich fürchterlich über den Tod ihrer Freundin aufgeregt. Bei Ihrem Anblick ist ihr deutlich ein Stein vom Herzen gefallen. Dass Sie die Untersuchungen in dem Mordfall leiten, ist eine glückliche Fügung. Sie hält große Stücke auf Sie." Er lächelte. „Ich übrigens auch."

In diesem Moment trat die Baronin ins Zimmer. „Bitte sehr", sagte sie und stellte ein Tablett auf den Tisch. „Ein heißer Tee tut immer gut, finden Sie nicht? Er hat so etwas Tröstliches an sich." Sie verteilte die Tassen und legte fürsorglich auf jede Untertasse einen Silberlöffel. „Etwas Sahne oder Kandiszucker, Herr Janssen?"

Er bediente sich, trank einen Schluck und wandte sich an die Baronin. „Die Ermordete war eine Freundin von Ihnen, soweit ich verstanden habe. Für unsere Ermittlungen ist es wichtig, so viele Hintergrundinformationen über die Tote zu bekommen wie möglich. Ich hoffe, Sie können uns da behilflich sein."

„Gerne", nickte sie und faltete die Hände im Schoß. „Allerdings kannte ich sie noch nicht lange, erst seit März. Ich machte eine Busreise zu den Schlössern an der Loire. Dorle nahm ebenfalls teil. Damals war sie noch in einer festen Beziehung mit einem Mann, Uwe Schreiter. Sie lebten auch zusammen. Später stellte sich aber heraus, dass er eine andere hatte, und sie zog aus der gemeinsamen Wohnung aus."

„Nur, dass Frau Schramm nicht wusste, wo sie hingehen sollte", warf Marquart ein. „Anscheinend gibt es eine Schwester in Hamburg, die sie nicht mochte, und sonst niemanden. Deshalb landete sie hier."

„Diese Schwester", fragte Janssen, „haben Sie eine Ahnung, wie die heißt?"

Die Baronin schüttelte den Kopf. „Ihr Vorname ist Roswitha, aber mehr weiß ich nicht. Sie ist verheiratet, erzählte Dorle, und hat zwei Töchter. Silke, die ältere, muss so um die dreißig sein. Den Namen der anderen habe ich vergessen." Fragend sah sie ihren Arbeitgeber an. „Hat sie den überhaupt genannt?"

Marquart zuckte die Schultern. „Diese Silke muss übrigens gerade auf Juist sein, jedenfalls nahm Frau Schramm das an. Deshalb hatte sie es auch so eilig, zu der Strandparty zu kommen. Sie hoffte, ihre Nichte dort zu treffen."

„Das Mädchen war nämlich als Teenager von zu Hause weggelaufen. Seitdem hatte Dorle sie nicht mehr gesehen, bis gestern."

Interessiert hob Janssen die Augenbrauen. „Sie meinen, diese Silke ist ihr gestern auf Juist über den Weg gelaufen, kurz bevor sie ermordet wurde?“

„So scheint es“, antwortete die Baronin, „aber vielleicht bildete Dorle sich auch nur ein, dass diese Fremde ihre Nichte war. Sie hat sie nur ganz kurz in der Menge entdeckt, dann war sie verschwunden.“

„Hat diese Nichte irgendwelche besonderen Merkmale? Hat Frau Schramm beschrieben, wie sie aussieht?“

Marquart schüttelte den Kopf. „Sie ist blond und schlank, das ist alles, was sie erzählt hat, aber es gibt Hunderte von Blondinen, die auf der Insel Urlaub machen. Vielleicht können Sie sie über die Kurverwaltung finden. Die müssten doch ein Register mit den Namen sämtlicher Feriengäste haben. So viele Silkes wird es darunter nicht geben.“

„Sagen Sie es nicht zu laut“, brummte Janssen. „Silke ist ein gängiger Name. Sonst hat Frau Schramm nichts erwähnt? Feinde, die sie hatte, oder irgend jemand, mit dem es Ärger gab?“

Marquart und die Baronin schüttelten die Köpfe.

„Also nichts.“ Janssen machte sich eine entsprechende Notiz. „Bis auf den Exfreund, mit dem sie sich nicht mehr grün war.“

„Aber der hatte keinen Grund, Dorle umzubringen“, wandte die Baronin ein. „Eher umgekehrt. Er war doch derjenige, der sie betrogen hat.“

Marquart nickte. „Stimmt. Er wird froh gewesen sein, sie ohne großes Theater losgeworden zu sein. Schließlich ist sie sofort ausgezogen und hat den Platz für die andere Frau freigemacht. Warum sollte er sie töten? Das bringt ihm doch nichts.“

„Man weiß nie, ob es nicht doch einen Grund gibt", sagte Janssen. „Die Leute erzählen gern das, was sie selbst in gutem Licht dastehen lässt. Alles andere wird verschwiegen. Nicht, dass ich damit andeuten will, dass Ihre Freundin das gemacht hat, aber es wäre eine Möglichkeit."

„Das hat sie bestimmt nicht. Dorle war nicht so eine, die anderen etwas vorgemacht hätte", antwortete die Baronin. „Hat Kommissar Wilkens Ihnen eigentlich von dem Messer erzählt, das ich in dem Stuhl gefunden habe?"

Janssen nickte. „Ja, das hat er. Allerdings glaube ich nicht, dass es da einen Zusammenhang gibt. Frau Schramm wurde nicht erstochen."

„Ich weiß nicht", seufzte die Baronin. „Irgendwie habe ich so ein Gefühl ..."

„Wir lassen das Blut, das an dem Messer klebt, gerne untersuchen, aber Sie werden verstehen, dass wir unser Labor nicht überlasten können. Die haben jede Menge zu tun und sind auch nicht dafür da, reinen Vermutungen nachzugehen. Wir haben kein Opfer, das zur Waffe passen könnte, Ihr Fund muss also noch ein wenig warten."

„Das habe ich mir schon gedacht", nickte die Baronin, „aber trotzdem herzlichen Dank, dass Sie und Kommissar Wilkens so nett sind, sich darum zu kümmern."

„Sie hätten mal hören sollen, wie sie Peter Wilkens gestern wegen des Messers angefaucht hat", sagte Marquart, der Janssen zur Tür brachte. „Bei Ihnen ist sie das reinste Lamm dagegen. Wie machen Sie das bloß?"

„Glauben Sie im Ernst, dass ich Ihnen das verrate?", grinste Janssen. „Tun Sie mir bitte einen Gefallen, Herr Marquart, und gehen Sie nicht wieder auf eigene Faust auf Mörderjagd. Ich bin Ihnen sehr dankbar, dass Sie mir im Winter bei der Aufklärung dieser Cluedo-Morde geholfen haben, aber nicht, dass Sie denken, das ginge jetzt immer so."

„Dies Mal mische ich mich bestimmt nicht ein." Marquart schüttelte entschieden den Kopf. „Großes Ehrenwort."

Abwarten und Tee trinken, dachte Janssen, nachdem die Haustür hinter ihm zugefallen war. Er schlug den Weg zum Strand ein. Dieser Leo Marquart hatte das Schnüffeln im Blut.

28

Wie Wilkens vermutet hatte, fand Hauptkommissar Janssen den Barkeeper hinter dem Tresen der Strandbar, passend zum Thema der Woche mit zerfetztem Piratenhemd und Augenklappe. Andere hätten sich sicher freigenommen, nachdem sie eine Leiche gefunden hatten, wegen des Schocks, aber nicht Gabriel Neuberger.

„Wieso?", fragte er erstaunt, als Janssen ihn darauf ansprach. „So schlimm sah sie doch nicht aus. Erwürgt eben."

Typisch Mediziner. Wahrscheinlich hatte er während des Studiums bereits ganz andere Sachen erlebt.

„Hatten Sie die Frau vorher schon mal gesehen?"

Neuberger nickte. „Heute Morgen am Strand wusste ich nicht sofort, wo ich sie hinstecken soll, aber im Nachhinein kam sie mir doch irgendwie bekannt vor. Also bin ich gerade eben nochmal bei der Polizeistation vorbeigegangen, auf dem Weg zur Arbeit. Kommissar Wilkens hat die Tote gemeinsam mit mir angeguckt und jetzt bin ich mir sicher: Sie war gestern Abend hier an der Bar und hat zwei Cocktails bestellt, zwei *Ahoi Special*."

Janssen runzelte die Stirn. „Zwei Cocktails hintereinander oder zwei gleichzeitig?"

„Zwei gleichzeitig", antwortete Neuberger. „Aber sie kam allein an den Tresen, um zu bestellen. Ich nehme an, ihr Freund stand irgendwo in der Menschenmenge und wartete auf sie."

„Oder ihre Freundin."

Der junge Mann schüttelte den Kopf. „Nein, es war keine Freundin. Ich habe sie später nämlich nochmal kurz gesehen. Sie lehnte mit ihrem Cocktail in der Hand an einem Strandkorb und unterhielt sich mit einem Mann, der ebenfalls einen *Ahoi Special* trank. Wir haben dafür besondere Gläser, deshalb weiß ich das."

„Kannten Sie den Mann?"

„Nein, er stand mit dem Rücken zu mir. Aber selbst wenn nicht, hätte ich ihn aus der Entfernung kaum erkennen können: Es war schon recht dunkel und er trug einen dieser riesigen Piratenhüte, die es im Moment überall zu kaufen gibt, so einen Dreispitz. Letzte Woche hatten wir Thema Hawaii, da gab's statt dessen an jeder Ecke Blumenketten." Er tippte mit den Fingern an seine Augenklappe. „Ohne diese Dinger erschien gestern sowieso keiner am Strand. Irgendwie sehen damit alle gleich aus."

„Der Mann, mit dem sie sprach, trug also Piratenhut und Augenklappe?"

Neuberger zuckte die Achseln. „Das mit der Augenklappe ist nur eine Vermutung. Wie gesagt, er stand mit dem Rücken zu mir, aber da *jeder* so ein Ding im Gesicht hatte ..."

„Okay, schon verstanden." Janssen blickte um sich. „Sie haben recht, ich bin der einzige Nichtpirat hier, wie's aussieht. Die anderen sind alle irgendwie kostümiert oder haben zumindest ein Auge verloren."

„Dabei hat es noch gar nicht richtig angefangen", grinste Neuberger. „Sie sollten mal sehen, was für Typen hier erscheinen, wenn's erst mal dunkel wird. Die Piraten der Karibik sind nichts dagegen."

„Sagen Sie mal, dieser *Ahoi Special,* was ist denn da drin?"

„Rum, Ananassaft, Kokosmilch und Wodka. Immer das Gleiche, obwohl wir regelmäßig den Namen ändern. Letzte Woche hieß er noch *Hawaii Special*. Wollen Sie einen?"

„Warum nicht?", nickte Janssen. Tee mit Rum gegen die aufsteigende Erkältung oder Wodka mit Rum, was machte das schon für einen Unterschied? Für heute war sowieso Schluss, zumindest für ihn. Nach diesem Schlummertrunk würde er die Akte mit ins Bett nehmen und sich eine ordentliche Mütze Schlaf gönnen. Es wäre doch gelacht, wenn er diese Sommergrippe nicht austricksen könnte.

29

Montag

Unten drehte sich der Schlüssel im Schloss, zumindest machte sich jemand an der Haustür zu schaffen. Charlotte Heilmann versteifte sich. *Einbrecher!* Oder hatte Jens tatsächlich den Nerv, nochmal nach Hause zu kommen?

Regungslos verharrte sie und lauschte. Sie hörte, wie sich die Tür öffnete, dann erklang die Stimme ihres Mannes: „Willkommen daheim, Bella. Guck mal, hier ist die Küche. Den Garten zeige ich dir auch gleich, Süße. Du bist bestimmt neugierig."

Charlotte warf die Bettdecke zurück. Es war bereits elf Uhr vormittags, aber die letzten Tage hatte sie fast ausschließlich im Bett verbracht und an die Decke gestarrt. Sie rannte die Treppe hinunter, barfuß und im Nachthemd wie sie war. Bestimmt spielte ihr die Fantasie einen Streich, oder die Schlaftablette, die sie gestern Abend genommen hatte. Jens konnte unmöglich nach Hause gekehrt sein, noch dazu in Begleitung einer Frau, nachdem seine Geliebte bereits tot im Keller lag. War das womöglich bereits die nächste? Ein schrecklicher Gedanke bemächtigte sich ihrer und entsetzt stoppte sie am Fuße der Treppe. Er würde diese Frau ebenfalls töten, genau wie die Rothaarige. Schließlich wiegte er sich in Sicherheit, konnte nicht wissen, dass sie nicht mehr im Schwarzwald war. Oh Gott! Jens war ein Serienmörder und auch sie selbst würde er erledigen, wenn er merkte, dass sie hier war.

Charlotte warf einen vorsichtigen Blick über den Flur. Außer seinem Koffer war nichts zu sehen, wahrscheinlich war er mittlerweile mit dieser Bella im Garten. Wenn sie zurück ins Schlafzimmer schlich und sich mucksmäuschenstill anzog, hatte sie eine gute Chance, unbemerkt zu fliehen. Besser noch, sie schnappte sich lediglich ihre Jeans und die Bluse, die noch von gestern über dem Stuhl hing, und machte, dass sie wegkam. Vorsichtig trat sie rückwärts eine Stufe nach oben, ohne die Diele aus dem Blick zu lassen, aber zu spät.

„Charlotte, was machst du denn hier?" Jens stand im Rahmen der Küchentür und sah sie erstaunt an. „Ich dachte, du bist im Schwarzwald."

„Ähem ... Es gefiel mir nicht so, wie ich es mir vorgestellt hatte", stammelte sie. Immer schön natürlich klingen, als sei alles ganz normal! „Deshalb bin ich ein paar Tage früher nach Hause gekommen."

„Du kleine Schwindlerin, gerade gestern hast du mir noch versichert, wie sehr du den Aufenthalt im Schwarzwald genießt." Lächelnd kam Jens auf sie zu, um sie in die Arme zu nehmen. Charlotte wich instinktiv zurück.

„Was ist?" Er runzelte die Stirn. Ahnte er, dass sie Bescheid wusste? „Ist etwas nicht ..."

In diesem Moment trappelte ein kleiner schwarzer Hund aus der Küche, ein Welpe, höchstens drei Monate alt. Fassungslos starrte Charlotte ihn an, dann Jens, dann wieder den Welpen. Bella war ein Baby-Hund, ein kleiner Flatcoat!

„Dein Geburtstagsgeschenk." Liebevoll strahlte ihr Mann sie an. „Eine Hündin. Ich habe sie extra von der Züchterin aus Bayern geholt, deshalb war ich ein paar Tage nicht zu Hause. Freust du dich?"

„Mein Gott“, stammelte Charlotte und fiel ihm um den Hals. Ob sie sich freute? „Ja! Ja! Ja!“ Erleichtert brach sie in Tränen aus. Und ob sie sich freute, so wie schon lange nicht mehr. Vorsichtig beugte sie sich zu der Hündin hinunter, die neugierig auf die erste Treppenstufe geklettert war und nun ihre nackten Füße beschnüffelte. Charlotte hob das Tier auf und barg ihr Gesicht in dem weichen Fell. „Hallo, du Kleine.“ Sie konnte kaum fassen, dass sie sich alles nur eingebildet hatte. Jens war gar nicht der Verbrecher, für den sie ihn gehalten hatte, jetzt würde alles gut werden. Durch einen Schleier aus Tränen blickte sie ihren Mann an. „Oh Gott, Jens, ich muss dir etwas gestehen: Ich habe einen entsetzlichen Fehler begangen.“

30

Hauptkommissar Janssen legte den Telefonhörer auf und griff erst mal zur Kaffeetasse. Er hatte seinen Ohren nicht getraut, als diese Heilmanns plötzlich in der Juister Polizeistation aufgekreuzt waren, um zu melden, dass eine Leiche in ihrem Keller lag, seit Donnerstag von Frau Heilmann fachmännisch eingemauert.

„Sachen gibt's“, ließ sich Peter Wilkens vernehmen, der, ebenfalls eine Tasse in der Hand, am Tresen lehnte. „Diese Tote einfach so in der Wand verschwinden zu lassen, noch dazu mit gestohlenen Backsteinen aus dem Nachbargarten. Ist das Team zu den Heilmanns unterwegs, um die Leiche freizulegen?“

Janssen nickte. „Sie haben bereits angefangen. Gerade kam der Anruf, dass ich mich auf den Weg machen soll. Unglaublich, das Ganze. Dass die ihren Mann für einen Mörder hält ... Schöne Familienverhältnisse."

„Es geht doch nichts über gegenseitiges Vertrauen in der Ehe", grinste Wilkens.

Das Verlies in der Kellernische wimmelte vor Asseln und Silberfischchen, die Tote ebenso.

Janssen wandte den Blick ab. „Wie lange liegt die schätzungsweise schon hier?", wandte er sich an den anwesenden Arzt.

„Auf den ersten Blick tippe ich auf circa eine Woche, genauer kann ich's im Moment echt nicht sagen", kam die Antwort. „Wir müssen sie mitnehmen und untersuchen. Zumindest haben wir schon mal ein grobes Zeitfenster, nach dem, was diese Leute ausgesagt haben. Donnerstag gegen Mittag war sie bereits tot und vier Tage vorher lag sie noch nicht hier."

Janssen wagte einen zweiten, vorsichtigen Blick auf die Rothaarige, die gerade fotografiert wurde. „Sie wurde erstochen?"

„Ja, es gibt jede Menge Einstiche. Jemand hatte eine Stinkwut auf sie, nehme ich an."

„Oder er wollte auf Nummer sicher gehen." Janssen kramte nach einem Taschentuch. Die feuchte Kälte des Kellers brachte seine Erkältung wieder zum Vorschein. „Ich kann also grob davon ausgehen, dass sie zwischen Sonntag und Donnerstag ermordet wurde?"

Der Arzt warf einen kritischen Blick auf die Tote. „Ich tippe eher auf Samstag bis Dienstag. Wie gesagt, das ist nur mein erster Eindruck. Kann gut sein, dass sich der noch ändert."

Wie üblich, dachte Janssen und putzte sich die Nase. Es ärgerte ihn regelmäßig, mit Vermutungen arbeiten zu müssen, bis die Untersuchungsergebnisse da waren, aber was beschwerte er sich? Im Grunde konnte man froh sein, dass es heutzutage all diese technischen Möglichkeiten und wissenschaftlichen Erkenntnisse gab. Wo wäre die Polizei ohne DNA-Analyse und dergleichen?

Zum Abschied hob er die Hand, aber der Mediziner hatte sich bereits wieder über die Leiche gebeugt. Janssen ging die Treppe hinauf.

„Sie waren also am Sonntagvormittag nochmal im Keller, bevor Sie die Fähre nahmen?"

Jens Heilmann nickte. „Gleich morgens war das, so gegen acht. Ich hatte am Samstag den Getränkeservice gebeten, ein paar Kästen zu liefern, und wollte gucken, ob die gekommen waren."

„Und? Standen sie da?"

„Ja, diese Leute sind sehr zuverlässig. Wie üblich hatten sie die Kästen in der Nische gestapelt, in die Charlotte dann später diese Fremde ..."

Janssen winkte ab. „Schon gut. Wie kamen die Lieferanten überhaupt in den Keller?"

„Wir haben das Haus schon so gekauft, ohne Schlüssel zur Kellertür, und haben nie ein neues Schloss einbauen lassen", erklärte Heilmann. „Ich meine, was soll hier schon groß passieren, auf einer friedlichen Insel wie Juist?"

„Sie sehen ja, was passieren kann", brummte Janssen und zog erneut sein Taschentuch hervor. Verdammter Schnupfen. „Zwei Tote in einer Woche ..."

„Meinen Sie, die beiden Fälle haben etwas miteinander zu tun?", fragte Charlotte Heilmann, die ebenfalls am Küchentisch saß, es aber bisher vorgezogen hatte, den Welpen auf ihrem Schoß zu kraulen statt sich an der Unterhaltung zu beteiligen.

Wahrscheinlich fühlte sie sich schuldig, weil sie so töricht gewesen war, die Tote einzumauern, vermutete Janssen. Er schnäuzte sich. „Keine Ahnung. Es würde mich aber sehr wundern, wenn sie nichts miteinander zu tun hätten. Wär' ja ein ziemlicher Zufall, wenn Juist von zwei Mördern gleichzeitig heimgesucht würde. Andererseits, so was soll's alles schon gegeben haben."

Janssen stand auf und verabschiedete sich. Mehr würde er aus diesen beide heute nicht herausbringen, und aus Kroegers wahrscheinlich auch nicht. Bei dem Zustand der Leiche konnte er dem Ehepaar kaum zumuten, sie sich anzusehen, obwohl es gut möglich war, dass es sich um die verschwundene Haushaltshilfe handelte. Stattdessen würde er ihnen ein paar Fotos vorlegen müssen, die nicht jedes einzelne scheußliche Detail zeigten. Janssen seufzte, als er an die Stichwunden im Rücken der Frau dachte. So fügten sich die Puzzleteile zusammen. Jede Wette, dass die Rothaarige mit dem Messer erstochen worden war, das die Baronin in ihrem Biedermeierstuhl gefunden hatte.

31

Hannes Kroeger tippte auf eins der Fotos, die Janssen vor ihn auf den Couchtisch gelegt hatte. „Viel erkennt man nicht auf den Bildern, aber dieses Profilbild hier ..." Er wandte sich an seine Frau, die neben ihm auf dem Sofa saß. „Was sagst du, Lily? Das könnte sie doch sein, oder?"

Sie nickte. „Ja, ich bin ziemlich sicher. Die Kleidungsstücke gehören Mona auf jeden Fall. Ich habe sie öfter in diesem Minirock gesehen, das Muster ist unverkennbar, und die Bluse erkenne ich auch." Sie erhob sich. „Ist es in Ordnung, wenn ich mich ein wenig hinlege? Diese ganze Angelegenheit bedrückt mich und Sie brauchen mich doch nicht mehr, oder?"

„Natürlich, gehen Sie nur", sagte Janssen. Er war froh, dass sie überhaupt aus ihrem Zimmer gekommen war, um die Bilder zu betrachten. Nach allem, was er von Wilkens über die junge Frau Kroeger gehört hatte, war sie psychisch labil und neigte dazu, sich zu verkriechen. Er wandte sich an den Ehemann. „Sie hatten mit Mona Seiler einen Streit wegen des Gehalts?"

„Es ging um den Hund", erklärte Kroeger. „Meine Frau und ich wollten verreisen, aber ich hatte vergessen, mit Mona abzuklären, in der Zeit unseren Flatcoat zu hüten. Keinen Moment lang hätte ich angenommen, dass das ein Problem sein könnte. Sie ging oft mit ihm spazieren, wenn ich keine Zeit dazu hatte, und schien das Tier auch zu mögen."

„Aber an diesem Tag gab's deshalb eine Auseinandersetzung?"

„Sie verlangte plötzlich eine Gehaltserhöhung für die Mehrarbeit und wurde richtig zickig. Von Tieren stehe nichts in ihrem Arbeitsvertrag, sagte sie, wir würden sie halten wie eine Sklavin und all so was. Mit dem Vertrag hatte sie natürlich recht, da steht wirklich nichts von Hundebetreuung drin, aber von Sklavin kann keine Rede sein. Wir waren immer sehr großzügig, sowohl was das Gehalt als auch die Freizeit betraf. Deshalb schaltete ich auf stur. Wieso sollte ich ihr noch mehr geben? Wenn man einmal damit anfängt ..."

„Und dann ist sie wütend abgerauscht?"

„Ja", bestätigte Kroeger. „Zuerst hoch in ihr Zimmer, später verließ sie dann das Haus. Lily und ich saßen gerade im Wohnzimmer vor dem Fernseher, deshalb haben wir nicht gesehen, ob sie einen Koffer dabei hatte oder nicht."

„Also auch nicht, was sie anhatte?"

Kroeger schüttelte den Kopf. „Wahrscheinlich die Kleidungsstücke, die sie trug, als sie gefunden wurde. Wenn Lily sagt, dass die Kleider auf den Fotos Monas Sachen sind, können Sie sich darauf verlassen, dass das stimmt. Meine Frau hat ein gutes Auge für so was."

„Frau Seiler hätte aber theoretisch nach Hause zurückkehren und sich umziehen können, ohne dass Sie das bemerkten?"

„Klar, gut möglich, dass sie nachts nochmal ins Haus kam. Aber am Sonntagmorgen fiel mir bereits auf, dass sie nicht da war. Noch vor der Kirche."

„Wie kam das? War sie sonst eine Frühaufsteherin?"

„Die Kette lag nicht vor der Tür, als ich morgens nach unten kam. Normalerweise verriegelt der Letzte, der abends wieder ins Haus kommt, die Tür von innen. In diesem Fall wäre das Mona gewesen. Das Samstagabendfernsehprogramm war nicht gerade aufregend, zumindest für mich. Lily guckte eine Liebesschnulze, Rosamunde Pilcher, glaube ich, und ich trank derweil im *Alten Kapitän* ein Bier. Anschließend gingen wir schlafen. Lily bleibt sowieso nie lange auf und ich bin auch keiner, der die Nächte durchmacht." Er stand auf und ging zu einem niedrigen Tisch hinüber, auf dem eine Anzahl Flaschen auf einem Tablett standen. „Hätten Sie gern etwas zu trinken? Einen Cognac vielleicht?"

Janssen verneinte. „Als Sie merkten, dass Ihre Angestellte nicht zurückgekommen war, gingen Sie also zur Polizei, um sie vermisst zu melden?"

„Ganz so war's nicht", sagte Kroeger und goss einen Hennessy in ein bauchiges Cognacglas. „Natürlich fragte ich mich, warum Mona nicht nach Hause gekommen war, aber in erster Linie hatte ich Angst, dass unsere Reise platzen könnte, wenn niemand auf den Hund aufpasst. Im Anschluss an die Kirche unterhielt ich mich deshalb mit ein paar Bekannten über die Sache. Vielleicht kennen Sie sie: Leo Marquart und seine Haushälterin, die Baronin."

„Vielleicht nehme ich doch einen Cognac", brummte Janssen. Diese zwei schafften es irgendwie immer, zur rechten Zeit am rechten Ort zu sein. Oder am falschen. Dankend nahm er das Glas entgegen, das Kroeger ihm reichte. Genau, was er jetzt brauchte. „Die beiden haben Ihnen also geraten, zur Wache zu gehen?"

Kroeger nickte. „Herr Marquart nicht, aber die Baronin und ihre Freundin sagten, ich solle Monas Verschwinden unbedingt bei der Polizei melden, und so habe ich's dann gemacht. Mona war noch nie über Nacht weggeblieben und sie hatte auch keine SMS geschickt, damit wir uns nicht um sie sorgen, andererseits hatten wir vorher diesen blöden Streit gehabt. Sie wissen ja, wie impulsiv Frauen manchmal reagieren."

Janssen enthielt sich einer Antwort. „Wie klärte sich das mit dem Hund?“

„Herr Marquart kümmerte sich um ihn“, antwortete Kroeger. „Er holte den Hund zwei Mal täglich ab, um einen Spaziergang mit ihm zu machen. Lilys Tante aus Hamburg hütete derweil das Haus, aber den Hund kann sie nicht mehr ausführen, in ihrem Alter, so wie der an der Leine zieht.“

„Kommissar Wilkens sagte mir, Sie wollten versuchen, Mona Seiler an ihrem Heimatwohnort zu kontaktieren. Haben Sie das gemacht?“

Kroeger verzog den Mund. „Ich war nicht gerade erfolgreich damit. Auf ihrem Bewerbungsschreiben stand zwar ihre Hamburger Adresse, aber als Telefonnummer nur die Handynummer. Dort habe ich gleich nach ihrem Verschwinden mehrere Nachrichten hinterlassen, aber nach ein paar Tagen war die Verbindung tot.“

„Kein Saft mehr in der Batterie, wahrscheinlich.“ Janssen machte sich eine Notiz, nach dem Handy zu fragen, wenn er zurück in die Polizeistation kam. Er hatte keine Handtasche bei der Toten gesehen oder sonstige Utensilien, die sie bei sich getragen hatte, aber vielleicht hatte er die übersehen. Die Erkältung benebelte ihm den Kopf.

„Haben Sie an ihre Hamburger Adresse geschrieben?“

Kroeger sah ihn verlegen an. „Noch nicht, ehrlich gesagt. Hätte Mona eine E-Mail-Adresse angegeben, wäre es etwas anderes gewesen, aber ein *Brief* ...“

„Ich kann's Ihnen nicht verdenken“, lächelte Janssen, der den Umstand mit Umschlag, Marke und Briefkasten auch nicht mochte. „Wahrscheinlich hätte sie sowieso nicht geantwortet, selbst wenn sie nicht ums Leben gekommen wäre. Wer fängt schon eine nette Korrespondenz mit seinem Ex-Arbeitgeber an?" Er kippte seinen Cognac und bat Kroeger um die Bewerbungspapiere, die Mona Seiler eingeschickt hatte. „Außerdem würde ich gerne ihr Zimmer sehen. Die Spurensuche wird sich den Raum baldmöglichst vornehmen, in spätestens zwei Stunden sind sie hier, nehme ich an." Falls sie im Heilmann'schen Keller so schnell fertig sind, fügte er im Stillen hinzu.

Mona Seilers Zimmer war lichtdurchflutet und ganz im englischen Stil eingerichtet. Weiße Chintzvorhänge, blau geblümte Tagesdecke überm Bett, eine antike Kommode. England, Queen Anne, schätzte Janssen, der ein ähnliches Erbstück zu Hause hatte, war aber nicht sicher. Er warf einen Blick durchs Fenster auf die Rosenhecke und die Dünen dahinter. „Hübsch."

„Die Zimmer sind alle ganz ähnlich eingerichtet", erklärte Kroeger. „Frau Claasen liebt Chintz und Antiquitäten."

„Ein eigenes Badezimmer?" Janssen deutete mit den Augen auf eine angelehnte Tür neben dem Bett.

Kroeger nickte. Er stieß sie auf und stellte die Beleuchtung an. „Klein, aber fein. Dusche, Waschbecken, WC ... alles vorhanden."

Luxus wie im Hotel. Warum hatte das Mädel bloß eine Diskussion über das Gehalt angefangen, wenn sie so gut untergekommen war? Er drehte sich um und ging zurück ins Schlafzimmer. „Sehr ordentlich", bemerkte er. „Es liegt nichts herum, keine persönlichen Sachen, nichts."

„Sagen Sie es nicht zu laut." Kroeger schob einen Chintzvorhang beiseite. Janssen pfiff leise durch die Zähne: Ein begehbarer Kleiderschrank, schätzungsweise sechs Quadratmeter groß. Nicht schlecht, Herr Specht. Er warf einen Blick über das Chaos vor ihm. Kaum ein Kleidungsstück, das ordentlich auf dem Bügel hing; schmutzige Wäsche Seite an Seite mit einem Stoß frisch gebügelter T-Shirts. Verschiedene Paar Schuhe lagen auf dem Fußboden, dazwischen Taschen und Kosmetika. Die Frage stellte sich, ob Mona immer so unordentlich gewesen war oder ob sie hastig ihre Schränke durchwühlt und ihre Lieblingsklamotten in einen Koffer geworfen hatte, weil sie die nächstmögliche Fähre aufs Festland nehmen wollte.

Rätsel über Rätsel, seufzte Janssen. Je tiefer man grub, desto mehr Fragen stellten sich einem in den Weg. Wenigstens würde ihn dort, wo er als nächstes hinging, eine klare Antwort erwarten, und das war doch schon einmal viel wert.

32

Das Auktionshaus roch nach einer Mischung aus Möbelpolitur, Silberputzmittel und muffigen Stoffen, die in irgendwelchen Dachböden gelagert worden waren. Egal, ob man hinter Permuttlöffeln oder einem Perser her war, hier gab es alles, was das Herz begehrte, wenn auch auf engstem Raum. Silberne Leuchter und Gebäckschalen standen dicht an dicht auf antiken Kommoden und die Wände waren mit Gemälden der verschiedensten Kunstrichtungen bedeckt. Ein sehr anheimelnder Ort, fand Janssen, wenn auch reichlich vollgestellt. Er nahm an, dass viele Stücke nach der Auktion noch nicht von ihren neuen Besitzern abgeholt worden waren und jetzt für Enge sorgten. Kein Wunder, dass die Versteigerungen normalerweise auf dem Festland stattfanden, sicherlich in großzügigeren Räumlichkeiten.

„Selbstverständlich kann ich Ihnen sagen, wer den Biedermeierstuhl gebracht hat, den Baronin Nobel von Nobelsdorff ersteigert hat“, lenkte Herr Kunze, der Inhaber, Janssens Gedanken zum Grund seines Besuchs zurück. „Ich selbst habe ihn nicht angenommen, aber wir führen natürlich Buch über unsere Objekte.“ Er setzte sich hinter seinen antiken Schreibtisch, konsultierte den Laptop, der daraufstand, und war nach weniger als einer Minute fündig geworden. „Hier haben wir es schon. Der Stuhl wurde von einer Frau Annie Claasen verkauft, den Kaufpreis abzüglich unserer Kommission haben wir bereits auf ihr Hamburger Konto überwiesen.“

„Annie Claasen?“, fragte Janssen nach. War das etwa Lily Kroegers Tante? Er nannte die Adresse der Kroegers. „Wohnt sie dort?“

Der Auktionator nickte. „Genau, das ist die Anschrift. Außerdem hat sie eine weitere in Hamburg angegeben, wo sie normalerweise lebt. Möchten Sie die haben?“

Janssen nickte und notierte die Adresse. Eine unerwartete Wendung. Kaum zu glauben, dass eine alte Dame wie sie einen eiskalten Mord begangen haben und die Tatwaffe in dem Stuhl versteckt haben sollte, aber warum nicht? Das war alles schon mal vorgekommen, nicht nur in *Arsen und Spitzenhäubchen.* Andererseits: Wie hätte sie die Tote in den Heilmann'schen Keller verfrachten sollen? Selbst mit Hilfe einer Karre wäre das für sie allein zu schwer gewesen, laut Hannes Kroeger war sie nicht einmal in der Lage, den Hund auszuführen. Wer also war ihr Helfershelfer?

„Irgendwie sehe ich das alles nicht vor mir", sagte Peter Wilkens und kaute auf dem Ende seines Bleistifts herum. „Ich habe Frau Claasen mehrfach im Ort gesehen, als sie hier war. Sie ist das Musterbeispiel der zerbrechlichen alten Dame, zudem sieht und hört sie schlecht. Undenkbar, dass sie jemanden erstechen und die Leiche anschließend entsorgen könnte, und wer sollte ihr geholfen haben? Kroegers waren bereits verreist, als sie ankam. Etwa Leo Marquart, nach dem Gassigehen mit dem Hund?"

„Ich weiß", stöhnte Janssen. „Es ist zum Auswachsen. Ich werde Marquart befragen müssen, aber ich weiß jetzt schon, dass er nicht dahintersteckt, und die Baronin auch nicht."

„Die beiden haben aber verdammt viel mit den beiden Todesfällen zu tun."

Janssen zog ein Gesicht. „Was Sie nicht sagen. Das war mir noch gar nicht aufgefallen." Er trommelte mit den Fingern auf der Schreibtischplatte. „Hoffentlich meldet sich der Kollege aus Hamburg bald. Es wurmt mich, hier auf Juist festzusitzen, sodass ein anderer Frau Claasen befragen muss."

„Wir könnten mittlerweile bei Kroegers vorbeigehen und in Erfahrung bringen, was sie über den Stuhl wissen."

„Nein, das können wir nicht“, brummte Janssen und griff nach der Kaffeekanne. „Nicht bevor der Kollege bei Frau Claasen war. Wenn wir den Kroegers mitteilen, dass ihre Tante das Mordmesser entsorgt hat, rufen die doch sofort bei ihr an. Dann ist sie vorgewarnt und denkt sich ein hübsches Märchen aus, das sie uns auftischt.“

„Dazu hatte sie bereits genug Zeit, auch ohne Vorwarnung.“ Wilkens hielt Janssen seinen Becher hin. „Ich könnte auch noch einen Kaffee vertragen. Woher wissen Sie eigentlich, dass es sich bei dem blutigen Messer um die Waffe handelt, mit der diese Rothaarige umgebracht wurde? Das ist doch nur eine Mutmaßung.“

„Die sich mit Sicherheit als wahr herausstellt.“

„Sagen Sie bloß, Sie haben jetzt auch Ahnungen wie die Baronin.“

Janssen zog die Stirn in Falten. „Sie haben recht, ich habe zu viele Vermutungen und keine klaren Hinweise. Außerdem wüsste ich im Moment keinen Grund, weshalb Frau Claasen die Haushaltshilfe umgebracht haben sollte. Kannten die sich überhaupt?“

Das Telefon klingelte. Janssens Hand schnellte zum Hörer. Es war der Kollege aus Hamburg. Aufmerksam hörte er zu und bat den Anrufer, ihm das Protokoll von Frau Claasens Befragung zu faxen.

„Es ist wie erwartet: Frau Kroegers Tante hat keine Ahnung, dass ein Messer im Stuhl versteckt war“, wiederholte er das Gespräch, nachdem das Telefonat beendet war. „Sie hätte das Möbel seit mindestens vierzig Jahren, aber es sei ein Einzelstück und außerdem unbequem. Eigentlich habe sie den Stuhl schon bei ihrem letzten Aufenthalt auf Juist versteigern lassen wollen, sei damals aber nicht dazu gekommen, ihn ins Auktionshaus schaffen zu lassen."

„Sie hat also jemanden beauftragt, den Stuhl dorthin zu bringen?"

Janssen nickte. „Sie hat ihn vormittags auf die Terrasse gestellt, sagt sie, und den Fuhrunternehmer gebeten, ihn dort abzuholen. Dann ging sie ins Auktionshaus, um anzukündigen, dass das Möbelstück per Pferdewagen geliefert werden würde. Dabei hat sie dem Auktionator ihre Adresse und Kontonummer gegeben."

Nachdenklich trank Wilkens einen Schluck Tee. „Das heißt also, dass der Mörder zufällig des Weges gekommen sein und die Waffe im Stuhl versteckt haben könnte, während der draußen vor dem Haus stand."

„Die Terrasse geht zur Seite hinaus, während der Großteil des Gartens nach hinten geht, in Richtung Dünen", sagte Janssen, dem diese Tatsache bei seinem Besuch im Haus der Kroegers aufgefallen war. „Es gibt zwar eine Rosenhecke, die das Grundstück umgibt, aber man kann bequem darüber hinwegsehen. Theoretisch hätte also ein Passant den Stuhl bemerken und das Messer im Polster verschwinden lassen können."

„Geht das so fix?"

Janssen zuckte die Achseln. „Was weiß ich? Aber wenn man ein Taschenmesser bei sich trägt, kann man sicher schnell ein paar Nägel hochziehen, die Waffe in die Holzwolle schieben und dann die Nägel wieder reindrücken. Wir müssen einen professionellen Polsterer dazu befragen und den Stuhl untersuchen lassen. Vielleicht lässt sich irgendwie feststellen, wie die Nägel herausgezogen wurden. Ob mit einer Zange, einem Messer oder sonstwie."

„Was ist mit dem Fuhrunternehmer? Der könnte das Messer auch in den Stuhl gesteckt haben, oder der Auktionator."

Janssen winkte ab. „Klar, und der Gärtner und die Putzfrau im Auktionshaus und wer weiß noch alles. Ich lasse sie alle befragen, aber im Grunde geht es darum herauszufinden, wer einen Grund hatte, diese Mona Seiler zu töten. Ich hätte auch gerne jemanden aus ihrer Familie aufgetrieben, um sie zu identifizieren. Die Kroegers haben das zwar schon anhand der Kleidung und der Fotos gemacht, aber ein Angehöriger wäre mir lieber. Hoffentlich kann man die Familie baldmöglichst über Frau Seilers Hamburger Adresse erreichen." Die Faxmaschine ratterte. Er erhob sich, nahm die Seiten aus dem Gerät und überflog den Text. „Sehr gut, da haben wir auch den Namen des Fuhrunternehmers, der den Stuhl ins Auktionshaus geschafft hat. Bei dem gehe ich gleich mal vorbei und anschließend werde ich den Kroegers einen weiteren Besuch abstatten. Nicht, dass ich mir viel davon verspreche. Wahrscheinlich haben sie noch nicht mal gemerkt, dass der Stuhl weg ist. Schließlich gehört ihnen das Haus nicht, da werden sie kaum alle Möbel kennen. Außerdem stand er in Frau Claasens Schlafzimmer. Wer weiß, wie oft sie dort reingehen."

Seine Ahnung hatte Janssen nicht getrogen. Hannes und Lily Kroeger wussten nichts über den Biedermeierstuhl. Sie waren keinesfalls erstaunt, dass Janssen bereits zum zweiten Mal an diesem Tag bei ihnen aufkreuzte. Wie erwartet hatte die alte Frau Claasen sie bereits informiert, dass sie Besuch von der Hamburger Polizei bekommen hatte, aber das änderte nichts an der Tatsache, dass sie ihm keine Hilfe sein konnten.

Sie saßen auf der Terrasse und genossen die letzten Sonnenstrahlen des Tages; Ehepaar Kroeger auf der Bank an der Hauswand, Hauptkommissar Janssen in einem Korbstuhl daneben.

„Tante Annie sagte am Telefon, dass der Stuhl seit Jahren in ihrem Zimmer in der Ecke steht", erklärte Lily Kroeger und schob sich eine blonde Haarsträhne aus dem Gesicht, die die leichte Brise, die aufgekommen war, dorthin geweht hatte. „Anscheinend war er unbequem und hat ihr seit Langem nicht mehr gefallen."

Janssen ließ den Blick über die blühende Rosenhecke schweifen, die den Garten einsäumte. Sehr lauschig und romantisch, aber nur etwa hüfthoch. Direkt dahinter lag der Bürgersteig, auf dem seit seiner Ankunft vor einer Viertelstunde mindestens zehn Leute vorbeispaziert waren. Wenn dies sein Haus wäre, würde er die Terrasse schnellstmöglich auf die Rückseite des Hauses verlegen, um ungestörter sitzen zu können. „Frau Claasen hat den Stuhl dann hier auf die Terrasse gestellt, damit der Fuhrunternehmer ihn abholen kann?"

Kroeger nickte. „Sie hört so schlecht, dass sie fürchtete, es nicht mitzubekommen, wenn er an der Tür klingelt."

Am letzten Dienstag war das gewesen, um halb elf Uhr vormittags, erinnerte sich Janssen an das Gesprächsprotokoll, das sein Hamburger Kollege ihm zugefaxt hatte. Der Pferdewagen war dann um halb zwölf hier erschienen, wusste er nach seiner Unterhaltung mit dem Fuhrunternehmer und dem Kutscher. Das antike Möbelstück hatte also eine Stunde lang hier draußen gestanden. Janssen runzelte die Stirn. Wenn am heutigen Montag rund zehn Personen pro Viertelstunde hier vorbeigingen, müsste das am vergangenen Dienstag ähnlich gewesen sein. Einer von rund vierzig zufällig vorbeilaufenden Passanten kam also theoretisch in Frage, den Stuhl für seine Zwecke genutzt zu haben, und wie sollte er den jetzt auftreiben, eine Woche danach? Die Hälfte der Leute war sowieso bereits abgereist, konnte man annehmen, falls sie nicht ständig hier lebten. Er seufzte und stand auf.

„Tut mir leid, sie wieder gestört zu haben", sagte er und reichte Lily Kroeger die Hand.

„Sie stören uns nicht, im Gegenteil", antwortete sie lächelnd. „Kommen Sie jederzeit wieder, falls Sie weitere Fragen haben."

Hannes Kroeger erhob sich, um Janssen zum Gartentor zu bringen. „Haben Sie Monas Familie schon erreicht?"

Janssen zuckte die Achseln. „Das machen meine Kollegen, deshalb bin ich nicht auf dem Laufenden. Sie brauchen sich jedenfalls nicht darum zu kümmern."

„Gott sei Dank. Ich stelle es mir nicht gerade angenehm vor, eine solche Nachricht überbringen zu müssen."

„Das ist es auch nicht", antwortete Janssen und zog das Gartentor hinter sich zu. Dann machte er sich auf den Weg zur Polizeistation.

33

Aufgeregt ging die Baronin hinter dem Sofa hin und her, und das bereits seit mehreren Minuten.

„Können Sie sich nicht endlich setzen?", beschwerte sich Leo Marquart, eine Patience vor sich auf dem Couchtisch. „Sie machen mich ganz nervös."

„Das kann ich unmöglich auf mir sitzen lassen", keuchte sie und ließ sich tatsächlich in den Sessel neben ihm fallen. „Das geht so nicht."

Marquart legte die Karten aus der Hand. „Was geht wie nicht?"

„Sie haben doch selbst gehört, was Hauptkommissar Janssen erzählt hat, als er uns gerade besuchte: Es wurde eine weitere Tote gefunden, eine Rothaarige, die erstochen wurde. *Erstochen*, Herr Marquart! Sie wissen genauso gut wie ich, dass die Frau mit dem Messer umgebracht wurde, das ich gefunden habe, und Herr Janssen ebenso."

Marquart zog erstaunt die Augenbrauen hoch. „Davon hat Janssen aber kein Wort gesagt."

„Das braucht er auch nicht", fauchte die Baronin. „Ein Blick in sein Gesicht genügt, um zu sehen, was er denkt."

„Aha, und was denkt er Ihrer Meinung nach?"

„Dass ich verdammt viel mit den beiden Mordfällen zu tun habe!"

Marquart biss sich auf die Unterlippe. Wenn die Baronin sich zu einem Wort wie *verdammt* hinreißen ließ, sagte das einiges über ihr Nervengerüst: Es war zum Zerreißen angespannt. „Aber es war doch nur Zufall, dass ausgerechnet Sie den Stuhl ersteigert haben", versuchte er, sie zu beruhigen. „Und wenn Sie keinen Polsterkurs gemacht hätten, stünde das Möbelstück jetzt bis zum Sankt Nimmerleinstag oben in Ihrem Schlafzimmer und die Waffe wäre nie gefunden worden."

„Ich habe den Polsterkurs aber gemacht und das Messer entdeckt *und* ich war mit Dorle Schramm befreundet. Da gibt es nichts schön zu reden."

„Passen Sie auf", sagte Marquart und erhob sich. „Ich hole uns jetzt eine schöne Flasche Wein und dann besprechen wir das Ganze. Abgemacht?" Vielleicht würde der Alkohol sie etwas beruhigen.

Sie nickte. „Abgemacht. Genau das wollte ich gerade auch vorschlagen."

„In vinum veritas." Genießerisch nippte die Baronin an ihrem Glas. „Bei so einem guten Tropfen fällt uns bestimmt ein Schlachtplan ein. Da muss doch etwas zu machen sein, um meine Unschuld zu beweisen."

Marquart enthielt sich einer Antwort. Er hatte ihr nun schon mehrfach versichert, dass keinerlei Verdacht auf sie fiele, aber die Baronin hörte gar nicht erst hin. Sie war felsenfest davon überzeugt, dass sich die Schlinge um ihren Hals zuzog und sie früher oder später unter Mordverdacht stünde, wenn sich nicht bald eine neue Entwicklung ergab.

„Am besten, wir machen eine Liste von all dem, was wir bereits wissen", sagte sie und zückte ihren Füllfederhalter. „Fangen wir mit Dorle an. Da hätten wir also den Exfreund, der jetzt mit seiner Neuen zusammenlebt."

„Und die Hamburger Schwester mit ihrer Familie, insbesondere diese mysteriöse Silke. Die Nichte, die

Dorle kurz vor ihrem Tod am Kurplatz gesehen hat. Hat sie sonst noch jemanden erwähnt?"

Die Baronin schüttelte den Kopf. „Nein, niemanden. Wenn sie einen Feind gehabt oder sich über jemanden geärgert hätte, hätte sie das erzählt. Dorle war nicht der Typ Frau, der so etwas verschweigen konnte."

Marquart nickte. Den Eindruck hatte er ebenfalls gehabt. „Über den Mordfall mit diesem Messer wissen wir allerdings herzlich wenig, abgesehen davon, dass Sie es entdeckt haben, und dass der Stuhl von Frau Claasen stammt. Die Tote ist anscheinend die vermisste Haushälterin der Kroegers."

„Schrecklich. Das arme Mädchen, so sterben zu müssen. Sie hatte ihr ganzes Leben noch vor sich. Wie alt war sie eigentlich?"

„Ende zwanzig, vielleicht dreißig, schätze ich", antwortete Marquart, der sie selbst nur von Weitem gesehen hatte. „So wie es aussieht, wurde sie nicht im Heilmann'schen Keller getötet, sondern nur dort abgelegt."

„Und die Tatwaffe hat der Mörder dann in den Stuhl gesteckt, als der auf der Terrasse stand."

„Nicht unbedingt. Im Grunde könnte der Täter auch den Haustürschlüssel des Mädchens kopiert oder an sich genommen haben und in aller Seelenruhe ins Haus spaziert sein, um das Messer zu verstecken. *Sehr* unwahrscheinlich, aber möglich."

„Wann soll er das denn gemacht haben? Frau Claasen war doch zu Hause." Die Baronin sog scharf die Luft ein. „*Natürlich!* Die Kroegers reisten gleich frühmorgens in die Ferien, während Frau Claasen erst mit der Nachmittagsfähre ankam. In dieser Zeit stand das Haus mutterseelenallein."

Marquart zog die Augenbrauen zusammen. „Nein, wir sind auf dem Holzweg. So kann das nicht funktioniert haben, denn der Hund war ja zu Hause. Der hätte wie rasend gebellt, wenn ein Fremder hereinspaziert wäre."

„Sagen Sie das nicht. Diese Flatcoats sind freundlich und verfressen. Wenn der Eindringling ihm eine Salami hingehalten hätte, hätte er sich schwanzwedelnd mit der Wurst in die Küche verzogen."

„Gut möglich, dass man den Hund ablenken könnte. Der ist wirklich gutmütig. Trotzdem, diese Messersache ist viel zu vage", entschied Marquart. „Warum konzentrieren wir uns nicht auf Dorle Schramm und sehen dann weiter, falls sich irgendwelche Querverbindungen zu dem anderen Mordfall ergeben? Die Frage ist nur, wie wir das anstellen sollen. Immerhin habe ich Hauptkommissar Janssen das Versprechen gegeben, nicht wieder auf eigene Faust zu ermitteln."

Die Baronin lächelte süß. „Wie kommen Sie auf *ermitteln*? Gegen einen Beileidsbesuch bei Dorles Familie wird er sicher nichts einzuwenden haben. Schließlich war sie meine Freundin und hat zum Zeitpunkt ihres Todes hier gewohnt. Bei Frau Claasen könnten wir auch vorbeisehen, wenn wir schon mal in Hamburg sind, ihre Anschrift habe ich, allerdings nicht Namen und Adresse von Dorles Schwester."

„Das lassen Sie ruhig meine Sorge sein." Marquart erhob sich. „Ich rufe Janssen gleich mal an."

Wenige Minuten später trat er wieder ins Zimmer und schwenkte triumphierend einen Zettel. „Hier habe ich Namen und Adresse der Schwester. Sie heißt Roswitha Bremer. Janssen hat nichts gegen einen Beileidsbesuch bei der Familie einzuwenden und will morgen Vormittag sogar kurz bei uns vorbeikommen, bevor wir die Fähre nehmen. Eigentlich verwunderlich. Ob er bereits nicht weiterkommt und unsere Hilfe braucht?"

„Bestimmt nicht. Er hat den Fall ja gerade erst übernommen, da muss er erst mal Fakten sammeln. Außerdem wissen Sie doch genau, was er von Privatschnüffeleien hält. Ich nehme an, dass er uns eine Predigt hält, dass wir uns nicht in die Angelegenheiten der Polizei einmischen dürfen." Die Baronin erhob sich. „Na, dann werde ich mich mal ans Kofferpacken machen. Die Fähre geht morgen um zwölf."

Erstaunlich wie der Entschluss, nach Hamburg zu fahren und auf eigene Faust zu recherchieren, die Baronin aufblühen ließ, dachte Marquart und füllte sein Glas auf. Eine richtige Miss Marple. Hoffentlich kam auch etwas dabei heraus. Nachdenklich nahm er die Patiencekarten wieder auf.

34

Dienstag

Peter Wilkens schob einen Stoß Akten zu Janssen hinüber. „Ihre Mitarbeiter waren vorhin bei mir und haben das für Sie hinterlassen, bevor sie wieder abschwirrten."

Janssen schnäuzte sich. „Ich habe verschlafen", murmelte er hinter dem Taschentuch hervor. „Verdammte Sommergrippe. Haben sie etwas ausgerichtet?"

„Sie haben mir eine Kurzfassung über den Stand der Dinge gegeben, wenn Sie das meinen."

„Und das wäre?"

„Fehlanzeige." Wilkens zupfte sich am Ohrläppchen. „Eine einzige Fehlanzeige. Diese Mona Seiler hat nach Strich und Faden gelogen, wie es aussieht. Erstens mal gibt es die angegebene Hamburger Adresse nicht. Die Straße existiert, aber nicht die Hausnummer. Zweitens mal sind ihre Referenzen samt und sonders gefälscht. Kroeger hat dummerweise keine davon geprüft, sonst wäre der Schwindel sofort aufgeflogen, und drittens stimmen auch die sonstigen Angaben nicht. Jedenfalls konnte keine Mona Seiler ermittelt werden, zu der das angegebene Geburtsdatum passt. Also alles in allem: Wir haben keine Ahnung, wo diese Frau herkam und bei wem sie vorher gearbeitet hat."

Janssen stöhnte. „Das hat mir gerade noch gefehlt. Wer weiß, ob sie überhaupt Mona hieß oder Ramona oder Monika ..."

„... und ob ihr Nachname Seiler war."

„Hören Sie auf, Mann, mir schwirrt schon der Kopf. Mit etwas Glück war sie früher mal straffällig, dann finden wir ihre DNA in den Polizeidateien. Aber sonst ..." Er fuhr sich durch das schlohweiße, struppige Haar. „Sonst noch Schreckensmeldungen?"

„Diese Silke Schramm ist in Hamburg gemeldet, aber dort wohnt sie anscheinend schon eine ganze Zeitlang nicht mehr, sagt die Vermieterin. Wo immer sie jetzt lebt, angemeldet hat sie sich da jedenfalls nicht", sagte Wilkens. „Hier auf Juist ist auch nichts rausgekommen: Keine der verschiedenen Silkes, die auf der Insel Urlaub machen, haben sich als die richtige herausgestellt.

Allerdings ist Kommissar Meier noch nicht durch, und zwei sind mittlerweile abgereist. Die besucht heute jemand an deren Wohnorten."

„Was ist mit den Silkes, die ständig auf Juist leben?"

Wilkens zuckte die Achseln. „Keine Ahnung, ich nehme an, dass die auch befragt werden. Was wollen Sie überhaupt mit der Nichte anfangen, wenn Sie sie gefunden haben? Es ist doch nichts dabei, hier Ferien zu machen. Völlig harmlos, zumal der Barkeeper Frau Schramm später mit einem Mann gesehen hat, nicht mit einer Frau."

„Das sehe ich dann, wenn ich sie gefunden habe", sagte Janssen und nahm die oberste Akte zur Hand. Jetzt musste er erst mal die Berichte lesen und dann zu Leo Marquart und dessen Haushälterin gehen, bevor die irgendeinen Unsinn anstellten. *Beileidsbesuch.* Die wollten ihn wohl auf den Arm nehmen? Das Ganze roch nach Schnüffelei wie vergammelter Matjes bis nach Norderney hinüber, aber diesen beiden war nicht zu helfen. Na gut, wenn sie unbedingt einen auf Undercover-Agenten machen wollten, nur zu. Frustriert zog er sein Taschentuch aus der Jacke und schnaubte hinein. Wenn es nur nicht so gefährlich wäre ...

35

Dorle Schramm hatte nicht übertrieben: Diese Wohngegend war so ziemlich der traurigste Ort, den die Baronin je gesehen hatte. Alles war grau, von den Betonmauern der Wohnblocks über den Straßenbelag bis hin zu den schäbigen Netzgardinen, die vor den Fenstern hingen. Das Farbigste, das hier geboten wurde, waren die Graffiti-Schriftzüge, die sich über die Hauswände erstreckten. *Türken raus* hatte jemand geschrieben, und *P liebt M*. Das andere konnte sie nicht entziffern, wahrscheinlich war das auch gut so.

„Meinen Sie wirklich, dass wir jetzt noch bei den Bremers einschneien dürfen? Schließlich sind wir nicht angemeldet."

„Genau deshalb ist es der richtige Zeitpunkt", antwortete Marquart. „Nach Dorle Schramms Beschreibung sitzt ihre Familie abends vor der Glotze und bei einem Anruf hätten sie uns sofort abgewimmelt."

„Hoffentlich lassen sie uns überhaupt rein."

Marquart sah sie unter zusammengezogenen Augenbrauen an. „Wo ist denn Ihr gestriger Unternehmensgeist geblieben? Sie sind den ganzen Tag schon so still."

Zu dumm, dass man ihr sofort anmerkte, wie sie sich fühlte. Der Baronin war nicht wohl in ihrer Haut. Hauptkommissar Janssen hatte ihr heute Vormittag dermaßen zugesetzt, dass sie ihrer Sache plötzlich nicht mehr sicher war. War es tatsächlich so gefährlich, sich ein wenig umzuhören? Wenn es nur um sie allein gegangen wäre, aber nun hatte sie Herrn Marquart mit hineingezogen, der weiß Gott Besseres zu tun hatte als sie nach Hamburg zu begleiten.

„Falls Sie sich um unsere Sicherheit Sorgen machen sollten", unterbrach Marquart ihre Gedanken, „können Sie sich entspannen. Janssen ist über jeden unserer Schritte im Bilde. Außerdem machen wir tatsächlich nur einen Beileidsbesuch, nichts weiter. Wenn

Ihre Freundin bei einem Unfall ums Leben gekommen wäre, hätten Sie den doch auch gemacht."

„Stimmt, das hätte ich bestimmt getan. Kommen Sie, dieses Haus hier muss es sein." Sie hakte ihn unter und zog ihn in Richtung des Eingangs, neben dem *P liebt M* stand. „Eigentlich schön, dass sich selbst in einer Straße wie dieser jemand liebt."

Nach anfänglichem Zögern hatte Roswitha Bremer ihnen zwei harte Besucherstühle angeboten, obwohl ihr deutlich im Gesicht geschrieben stand, dass sie den unverhofften Kondolenzbesuch am liebsten gar nicht erst in die Wohnung gelassen hätte. Da die beiden aber das Geburtstagsgeschenk ihrer verstorbenen Schwester mitgebracht hatten, um es ihr persönlich zu überreichen, konnte sie den Gästen schlecht die Tür vor der Nase zuschlagen.

„Kommen Sie rein", hatte sie gemurmelt und sie ins Wohnzimmer geführt. „Aber höchstens eine Viertelstunde, dann kommt ein Krimi im Fernsehen."

Der Mord an ihrer Schwester schien sie nicht weiter zu erschüttern, wunderte sich die Baronin. Auch Dorles Leben hatte sie nicht interessiert. Den Exfreund hatte sie nie kennengelernt – und auch nicht kennenlernen wollen, wie sie betonte – und von weiteren Bekannten ihrer Schwester wusste sie nichts. Vorsichtig leitete Marquart das Gespräch, immer wieder unterbrochen von Komplimenten der Baronin über die Einrichtung und die gemütliche Atmosphäre, damit die Bremers nicht auf die Idee kamen, ausgefragt zu werden. Das Einzige, was Dorle Schramms Familie überhaupt interessierte, waren die Beerdigungskosten, die nun auf sie zukommen würden, und ob man die vielleicht auf den Exfreund abwälzen konnte. Eine Welle der Empörung überflutete die Baronin und am liebsten hätte sie dieser Roswitha Bremer gehörig die Meinung gesagt, aber Leo Marquart legte seine Hand auf die ihre, was sie sofort beruhigte.

„Kurz vor ihrem Tod hat Ihre Schwägerin Ihre Tochter Silke gesehen, Herr Bremer“, wagte Marquart einen neuen Vorstoß. „Auf Juist.“

Bremer, der im Unterhemd auf dem abgewetzten Sofa saß und bisher kein Wort zur Unterhaltung beigetragen hatte, ließ ein Grunzen hören. „Silke ist nicht meine Tochter, die habe ich mitgeheiratet. Ich habe das Balg aufgezogen und zum Dank haut sie ab. Zwei Jahre später kam dann auch noch die Polizei hier an, weil sie angezeigt worden war und unsere Adresse angegeben hatte.“ Er griff zur Bierflasche. „Sie können sich ja denken, was die Nachbarn gedacht haben, als hier die Polizei auf der Matte stand.“

„Sie hat ihrem Boss Geld aus der Kasse geklaut“, ließ sich die jüngere Schwester vernehmen, eine übergewichtige Frau von Mitte zwanzig mit ungepflegten Fingernägeln. Im Hausanzug lungerte sie neben ihrem Vater auf dem Sofa und futterte Erdnussflips. „Später hat er die Anzeige zurückgezogen. Bestimmt hat sie dafür die Beine breit gemacht, wie ich sie kenne.“

„Also Gitta, so spricht man doch nicht vor Gästen“, sagte ihre Mutter und warf dem Besuch einen entschuldigenden Blick zu. „Meine Tochter ist wegen des schrecklichen Todesfalls ganz durcheinander und jetzt kommt auch noch das Thema Silke auf. Nach allem, was sie uns angetan hat, Polizei und so weiter, wollen wir nichts mehr mit ihr zu tun haben.“ Sie stand überraschend auf und holte ein zerknittertes Foto aus dem Nebenzimmer, das zwei farblose Blondinen zeigte. „Hier, das ist sie, die links. Die andere ist unsere Gitta.“

Nicht nur, dass das Foto von miserabler Qualität war, Gitta hatte sich auch dermaßen verändert, dass der ehemalige Teenager nicht mehr zu erkennen war. Mittlerweile hatte sie dreißig Kilo zugenommen, teigige Haut und statt des lockeren Blondhaars, das ihr Gesicht umrahmt hatte, fettige Strähnen. Wie mochte sich die andere Schwester wohl entwickelt haben?

„Was für ein hübsches Bild“, flötete die Baronin. „Wie alt waren Ihre Töchter denn da?“

„Zwölf und vierzehn.“

„Kaum zu glauben, dass das Mädchen so störrisch war. Silke sieht so nett und harmlos aus, mit dem blonden Haar, genau wie ihre kleine Schwester. Hatte sie denn bereits mit der Polizei zu tun, als sie noch hier wohnte?“

Roswitha Bremer schüttelte den Kopf. „Nein, das eine Mal hat uns gereicht. Dazu die Undankbarkeit, nach allem, was wir für sie getan haben. Sie hat sich nie wieder bei mir gemeldet, das muss man sich mal vorstellen. Bei der eigenen Mutter.“

„Erst biete ich ihr ein Dach über dem Kopf und gebe mich jahrelang mit ihr ab, der rotzfrechen Göre, und dann hat sie den Nerv, einfach abzuhauen“, tönte Bremer und griff nach der Fernbedienung. „Kein Dank, kein Brief, nichts. Roswitha, es ist viertel nach. Bring doch noch ein Bier, der Film fängt an.“

Marquart und die Baronin verstanden das so, wie es gemeint war: als Rauswurf. Eiligst bedankten sie sich und traten in den Flur. Keiner der Bremers machte sich die Mühe, ihnen auf Wiedersehen zu wünschen oder sie zur Tür zu begleiten.

Hinter ihnen aus dem Wohnzimmer drang das Geräusch von zerreißendem Papier, dann ein enttäuschter Ausruf von Dorles Schwester. „Ein Acrylbriefbeschwerer mit Seestern. Scheußlicher geht's wohl nicht. Können wir das dem Hausmeister weiterschenken, für die zerbrochene Fensterscheibe neulich?"

Die Baronin schlug die Haustür hinter sich zu. „Eine grässliche Familie", sagte sie, als sie wieder unten auf der Straße waren. „Kein Wunder, dass Dorle hier nicht mehr hinwollte, und etwas Neues haben wir leider auch nicht erfahren."

„Das würde ich so nicht sagen", widersprach Marquart. „Immerhin wissen wir jetzt, dass Silke früher einmal von ihrem Arbeitgeber angezeigt wurde. Wer weiß, vielleicht arbeitet sie dort noch immer? Oder der Mann kann uns wenigstens eine Beschreibung von ihr geben. Dieses Foto, das Roswitha Bremer uns gezeigt hat, war nicht gerade aussagekräftig."

Die Baronin sah ihn zweifelnd an. „Guter Plan, aber wie wollen Sie ihn ausfindig machen?"

36

Leo Marquart hatte sich schon gedacht, dass Hauptkommissar Janssen nicht gerade begeistert darüber sein würde, Nachforschungen über Silke Schramm anstellen zu müssen, noch dazu hatte er ihn anscheinend aufgeweckt.

„Tut mir leid, das wollte ich nicht“, entschuldigte sich Marquart. „Ich hätte nicht gedacht, dass Sie um zehn Uhr bereits schlafen.“

„Das mache ich normalerweise auch nicht“, grummelte Janssen durch den Hörer, „aber diese Sommergrippe macht mich fertig. Also jetzt noch mal von vorn: Ich soll den ehemaligen Arbeitgeber dieser Silke Schramm ausfindig machen? Was wollen Sie denn von dem?“

Marquart seufzte. „Gute Frage. So genau weiß ich das selbst nicht, aber vielleicht kann er uns irgendwie weiterhelfen. Wie sie aussieht, zum Beispiel, oder er kennt ihre Freunde. Die Eltern haben nicht das leiseste Interesse an dem Mädchen und wissen nichts über sie; über Dorle Schramms Leben übrigens auch nicht.“

„Das haben wir schon gemerkt. Meine Kollegen konnten auch nichts aus den Bremers herauslocken, nur: Sie wissen nichts, sie sind anständige Leute, und was sollen die Nachbarn denken, wenn die Polizei zu ihnen kommt? Das Übliche eben.“

„Haben Ihre Kollegen vielleicht ein besseres Bild von Silke bekommen als das, was ihre Mutter uns gezeigt hat?“

„Ach, da gibt es ein Foto? Sieh' einmal an, uns hat sie vorgemacht, sie hätte keins. Gut, dass Sie es sagen. Ich schicke ihr morgen gleich mal zwei Polizisten in Uniform auf den Hals, um das Bild abzuholen. Da haben die Nachbarn was zum Gucken.“

Marquart lachte. „Was ist nun mit dem Arbeitgeber dieser Silke? Meinen Sie, dass man den noch auftreiben kann, nach all den Jahren? Schließlich kann sie damals höchstens sechzehn gewesen sein."

„Doch, das lässt sich machen. Kommissar Meier hat die Unterlagen wahrscheinlich sowieso schon angefordert", antwortete Janssen. „Der, der seit Tagen allen Silkes auf Juist nachsteigt."

„Die richtige war noch nicht dabei, nehme ich an?"

„Nein, Fehlanzeige, und Dorle Schramms Exfreund konnte uns auch nicht weiterhelfen. Scheinbar hatte sie weder Feinde noch Freunde, von dem Ex und der Baronin mal abgesehen. Bekannte hatte sie natürlich, sie war auch in einem Malkurs an der Volkshochschule in Leer, aber keine engeren Beziehungen. Diese Nichte, die sie an ihrem Todestag auf Juist gesehen hat, ist mein einziger Anhaltspunkt. Der Strohhalm, an dem ich mich festhalte, sozusagen. Also fahren Sie in Gottes Namen zum Arbeitgeber des Mädchens, falls es den noch gibt."

„Ist es okay, Frau Schramms Exfreund einen Besuch abzustatten?"

„Um ihm Ihr Beileid auszusprechen, nehme ich an", schnaufte Janssen durch den Hörer. „Haben Sie noch irgendwelche Stippvisiten geplant, außer bei Bremers, dem Arbeitgeber und dem Ex?"

„Wir wollten noch kurz bei Frau Claasen vorbeisehen", gab Marquart zu. „Morgen, auf ein Tässchen Tee."

„Oder die ganze Kanne, wie ich Sie kenne. Es wird ein Weilchen dauern, bis Sie ihr alles Wichtige über den Biedermeierstuhl entlockt haben."

Marquart lachte. „Ihr Spott in Ehren, aber hier handelt es sich tatsächlich nur um einen Freundschaftsbesuch. Die alte Dame hat sich bestimmt sehr aufgeregt, als sie das mit dem Messer im Stuhl erfuhr. Zumindest ist die Baronin davon überzeugt und will ihr unseren Beistand versichern. Nicht, dass Frau Claasen denkt, jemand hielte sie für verdächtig."

„Sagen Sie das nicht zu laut. Unverdächtig ist Frau Claasen jedenfalls nicht, alte Dame hin oder her. Immerhin hat sie den Stuhl zur Auktion gebracht, obwohl ich immer noch nicht weiß, ob es die Tatwaffe ist, die darin versteckt war."

„Wann erwarten Sie die Ergebnisse?"

„Morgen früh, so Gott will", brummte Janssen. „Jetzt gehe ich schlafen und träume von angenehmeren Dingen als Mordmessern und verschollenen Nichten. Wagen Sie nicht, mich noch einmal zu wecken, bevor die Nacht um ist."

Schon hatte er aufgelegt.

Sehr schön, dachte Marquart. Wenn alles klappte, würde er morgen mit der Baronin Kaffeeklatsch bei Frau Claasen machen und Silke Schramms Arbeitgeber aufsuchen, sofern man den überhaupt noch finden konnte. Am Donnerstag war dann Dorle Schramms Exfreund an der Reihe. Anschließend ging's wieder nach Hause, wo nach wie vor das unfertige Krimimanuskript auf ihn wartete, und vielleicht, hoffentlich, sogar ein Brief aus Niederbayern. Er goss sich einen Schlummertrunk aus der Minibar seines Hotelzimmers ein, lehnte sich in dem Sessel neben dem Fenster zurück und dachte an Laura. Es wurde immer offensichtlicher: Er hatte sich ernsthaft verliebt.

37

Mittwoch

Ein neuer Morgen, und seine Erkältung war schlimmer denn je. Die Sonne vor dem Fenster versprach einen Sommertag wie aus dem Bilderbuch und in den Nachrichten hatten sie Temperaturen von über 30 Grad angesagt. Hauptkommissar Janssen griff zu einem weiteren Taschentuch. Die Affenhitze machte es nicht gerade besser. Wie sollte man bei diesen Temperaturen gleichzeitig atmen, schniefen und einen klaren Kopf bewahren?

Auf dem Weg zur Polizeistation kaufte er sich in einer Bäckerei zwei Rosinenbrötchen und verspeiste sie genüsslich beim Spaziergang durch den Ort. Immerhin hatte ihm die Grippe nicht den Appetit verschlagen.

Mittlerweile war für ihn und seine Kollegen aus Aurich eine provisorische Station errichtet worden, um das Juister Polizeigebäude nicht zu überlasten. Das Ganze befand sich gleich um die Ecke der Polizei; eine Art verkabelter Bauwagen, in dem sich die Hitze staute. Kaum hatte er die Tür hinter sich zugeschlagen, war seine Nase wieder zu. Janssen zog sein Tempo aus der Tasche.

„Sind die Befunde da?", fragte er Kommissar Meier, einen Familienvater mit drei weizenblonden Töchtern im Grundschulalter, der als Einziger vor einem Stoß Akten an seinem Schreibtisch saß. Die beiden anderen waren ausgeflogen. „Oder sonstige Berichte?"

Meier schenkte ihm ein strahlendes Lächeln und deutete auf die Unterlagen, die sich vor ihm stapelten.

„Bedienen Sie sich: Die vier Berichte der Spurensuche sind gekommen sowie der rechtsmedizinische Befund zu der ersten Toten, Frau Schramm. Der von der Rothaarigen aus dem Keller steht noch aus."

Janssen beäugte den Aktenberg. „Ganz schön umfangreich. Bevor ich das jetzt durchackere, könnten Sie mir vielleicht schon mal einen kurzen Überblick verschaffen. Sie haben das doch bestimmt schon gelesen, wie ich Sie kenne, oder sind Sie selbst noch nicht durch?"

„Doch, bin ich", antwortete Meier und rückte seine Brille zurecht, „obwohl meine Töchter schon zwei Mal hier angerufen haben, um mir vorzujammern. Meine Frau kann nämlich heute nicht mit ihnen ins Freibad gehen, obwohl sie es versprochen hatte. Ihre Chefin ist krank und nun muss sie einspringen ..." Er räusperte sich. „Wie auch immer. Also zu diesen Berichten: Dorle Schramm wurde anscheinend an der Stelle umgebracht, an der sie gefunden wurde. Tod durch Strangulieren, mit dem Chiffonschal, den sie um den Hals trug. Sie hatte DNA unter den Fingernägeln der rechten Hand, aber das stellte sich vornehmlich als ihre eigene heraus. Ein Mückenstich, den sie aufgekratzt hatte. Die DNA, die nicht von ihr selbst stammt, könnte von dem Angreifer stammen. Vielleicht hat sie sich gewehrt."

„Passt diese Fremd-DNA zu jemandem, den wir kennen?"

Meier schüttelte den Kopf. „Nein, keine Übereinstimmungen. Vorbestraft ist derjenige also schon mal nicht. An Frau Schramms Kleidung fand sich alle mögliche DNA. Das Dumme ist, dass der Schal nicht ihr gehörte. Die DNA wird sich als die der Besitzerin herausstellen, nehme ich an. Auf dem T-Shirt, das die Tote trug, fanden wir eine Reihe verschiedener Fasern und Spuren, aber sie hatte das Kleidungsstück gerade erst gekauft. Es lag in der Boutique auf dem Wühltisch, sagt die Verkäuferin, zusammen mit anderen Sonderangeboten. Halb Juist hatte das Ding in der Hand, das bringt uns nicht viel weiter."

„Irgendwelche Informationen, die in ihrem Zimmer gefunden wurden?"

„Nein, nichts. Die Spurensuche hat das Gästezimmer von Herrn Marquart völlig auf den Kopf gestellt, aber da gab es keinerlei Anhaltspunkte für den Mord. Sie hatte eine ganze Menge Zeugs dabei, dafür, dass sie hier nur Ferien macht, aber scheinbar ist das ihr ganzer Besitz. Das sagt jedenfalls der Exfreund. Die Möbel hätten alle ihm gehört, sie selbst hatte nur Kleidung und ein paar Andenken. Na ja, das stand da alles rum, ein Riesenkoffer voller Schnickschnack. Aber keine Briefe oder sonstwas, das uns einen Hinweis geben könnte, warum sie ermordet wurde. Ein Sexualverbrechen war es übrigens nicht, sagt die Rechtsmedizin."

Janssen fuhr sich durchs Haar. Kein Sex im Spiel, keine Anhaltspunkte, kein Motiv. Es war zum Heulen. „Irgendwie kann ich nicht glauben, dass hier ein Irrer herumläuft und wahllos Frauen ermordet, einfach so aus Spaß." Er stöhnte. „Was sagen die Akten zu der anderen Toten, der Rothaarigen?"

„Zunächst mal, dass sie keine echte Rothaarige war", wusste Meier, „aber kein Wunder, bei der Haarfarbe. So ein Rot, wie sie es hatte, kann doch nur falsch sein."

„Ich dachte, der Bericht der Rechtsmedizin liegt noch nicht vor."

„Schon, aber die Leute von der Spurensuche haben sich ein paar Haare der Toten genommen, um sie mit denen aus dem Zimmer dieser Mona Seiler zu vergleichen. Hundertprozentige Übereinstimmung, es handelt sich um ein und dieselbe Frau. Nur, dass sie eigentlich eine Blondine war."

Janssen zog die Brauen zusammen. Irgendwie waren in diesem Fall alle Frauen blond, aber war das nicht immer so in Ostfriesland? Blond und blauäugig wie Kommissar Meiers weizenblonden Töchter. „Gab es Blutspuren in Mona Seilers Zimmer? Kann es sein, dass sie dort erstochen wurde?"

Meier schüttelte den Kopf. „Keinerlei Blut im Badezimmer, und auch nichts im Zimmer selbst. Da wurde sie nicht ums Leben gebracht und in dem Keller auch nicht, in dem sie gefunden wurde – zumindest gibt es dafür keine Hinweise. Warten wir auf den Bericht der Rechtsmedizin, aber ich wette, dass sie bereits tot war, als sie dort hingeschafft wurde."

„Es bleibt uns wohl nichts anderes übrig, als den Bericht abzuwarten", sagte Janssen und ging zur Kaffeemaschine. Benebelt wie sein Kopf sich anfühlte, würde ihm eine kräftige Portion Koffein gut tun. „Dann werde ich mich mal ans Aktenlesen machen. Ach übrigens, bevor ich es vergesse: Wo sind denn die Infos zu Silke Schramm, der Nichte?"

Meier deutete mit dem Kopf auf eine dünne Akte auf Janssens Schreibtisch. „Direkt vor Ihnen, es steht aber nicht viel drin, fürchte ich."

Janssen befürchtete das auch. Er schnappte seinen Kaffeebecher, nahm Platz und schlug die Akte auf. Dann zückte er sein Handy, um Marquart die Anschrift von Silke Schramms ehemaligem Arbeitgeber durchzugeben.

38

Leo Marquart stand vor *Harrys Brummi-Treff* und betrachtete den roten Neonschriftzug über der Tür, der bereits jetzt am Vormittag mit der Sonne um die Wette leuchtete und ihn einladend anblinkte.

„Komm' herein", schien er zu locken. „Hier gibt es Hamburger und Currywurst."

Der Blick durch die Scheibe war allerdings weniger einladend. Marquart war kein Fan von Plastikstühlen und laminierten Tischflächen. Immerhin standen kleine Vasen mit Nelken darauf, gleich neben dem Ketchup. Für eine Fernfahrerkneipe war es wahrscheinlich gar nicht mal ungemütlich und der Straßenstrich um die Ecke war sicher auch gut fürs Geschäft. Er stieß die Tür auf.

Drinnen roch es nach Fritten und abgestandenem Bier, aber trotzdem fing sein Magen an zu knurren. Er hatte Hunger. Kein Wunder, nach der einsamen Toastbrotscheibe und den paar Cornflakes, die er im Hotel bekommen hatte.

„Sie sind selbst schuld", hatte die Baronin gesagt und war zum Einkaufsbummel in die Innenstadt aufgebrochen. „Wer zu lange schläft, kriegt nichts mehr", aber satt hatte ihn ihre Bemerkung auch nicht gemacht.

Durch einen Perlenvorhang tauchte ein rotgesichtiger Mann auf und lehnte sich freundlich grinsend über den Tresen. „Du siehst aus, als könntest du was zwischen den Zähnen vertragen, Junge. Ich habe gerade eine Portion Hamburger fertig, mit Fritten und allem Drumherum."

„Klingt gut“, nickte Marquart und bestellte ein kleines Bier dazu. Dann setzte er sich auf einen Hocker vor der Bar, die immerhin aus Holz war, nicht aus Plastik wie der Rest der Einrichtung, und wartete, dass der Wirt aus der Küche zurückkam.

Der Perlenvorhang klapperte, dann stand der Rotgesichtige wieder vor ihm, in der einen Hand den Teller mit dem Essen, in der anderen Serviette und Besteck. „Bitte sehr“, sagte er und stellte den Hamburger vor Marquart auf den Tresen. „Lass' es dir schmecken. Das Bier kommt sofort.“

Das Essen schmeckte erstaunlicherweise köstlich.

„Schmeckt gut, was?“, sagte der Wirt. „Ich mach' die besten Hamburger weit und breit, nur dass sich die Jungs mit den Kochsternen noch nicht zu mir in den Brummi-Treff verirrt haben.“

„Schmeckt super. Ich werde Sie weiterempfehlen.“

„*Dich*. Ich werde *dich* weiterempfehlen. Kein Grund, hier vornehm rumzusiezen, Junge. Du bist kein Fernfahrer, oder?“

Marquart schüttelte den Kopf. „Ich schreibe Romane“, sagte er. „Krimis.“

Der Wirt schob das Bier vor ihn. „Krimis, da könnte ich dir einiges erzählen. Hier erlebt man so allerlei, das kannst du mir glauben. Und, bist du hinter Inspiration her?“

„Hinter einer Frau“, sagte Marquart.

Der Mann grinste. „Ganz was Neues.“

„Es ist eine, die hier mal gearbeitet hat, in *Harrys Brummi-Treff*. Sind Sie der Inhaber, Harald Michalsky? Dann können Sie sich vielleicht an sie erinnern.“

„Klar kann ich mich erinnern“, sagte Michalsky, „wenn du dich endlich dazu bringen könntest, mich zu duzen. Ich hab' die Kneipe seit über dreißig Jahren, und ich hab' noch keine meiner Angestellten vergessen." Er fuhr sich durchs Haar. „Allerdings nehme ich an, dass das nicht auf Gegenseitigkeit beruht. Manche von denen waren nicht das Papier wert, auf das ihr Lohn gedruckt war. Wie heißt denn die Kleine?"

„Silke Schramm. Sie muss hier gearbeitet haben, als sie sechzehn war. Jetzt ist sie Ende zwanzig. Damals gab's anscheinend Knatsch mit ihr, jedenfalls haben Sie sie wegen Diebstahls angezeigt."

„Silke, das kleine Miststück." Offensichtlich hatte sie bei ihrem Boss nicht den besten Eindruck hinterlassen. „Die sehe ich so deutlich vor mir, als sei sie erst gestern hier herausspaziert." Michalsky nahm zwei Schnapsgläser aus dem Regal. „Weißt du was, Junge? Jetzt trinken wir erst mal Brüderschaft, damit du das mit dem ‚Du' endlich hinkriegst, und dann erzähle ich dir alles über die süße Silke. Eins kann ich dir sagen, Junge: Wenn ich die nochmal zu Gesicht kriege, kann sie was erleben."

Zwei Stunden später traf Marquart wieder im Hotel ein und stieß im Eingang fast mit der Baronin zusammen, die gerade tütenbeladen aus der Innenstadt kam.

„Sie riechen nach Schnaps und Fritten", begrüßte sie ihn und rümpfte die Nase. „Wo haben Sie sich denn herumgetrieben? Ich dachte, Sie wollten zu Silke Schramms Arbeitgeber."

„Da war ich auch und er wollte gleich Brüderschaft mit mir trinken. Außerdem ist es nicht meine Schuld, dass das Mädchen in einer stinkigen Fernfahrerkneipe gejobbt hat."

„Ich sage ja gar nichts“, bemerkte die Baronin, obwohl sie das natürlich doch getan hatte, „aber bevor wir zu Frau Claasen gehen, sollten Sie sich auf jeden Fall umziehen. Sonst denkt sie, sie hätte einen Penner zu Gast. Machen Sie am besten gar nicht erst den Mund auf. Diese Fahne kriegt selbst die beste Zahncreme nicht weg.“

Grollend verzog sich Marquart nach oben und duschte. Das warme Wasser löste seine Verstimmung und das Shampoo den Fettgeruch aus seinem Haar. Natürlich hatte sie recht, es war für jeden angenehmer, wenn er nicht nach Kiez und Kneipenbummel stank, aber Laura hätte das liebevoller formuliert. Er hatte es schon immer gewusst: Die Baronin war ein richtiger alter Drachen.

39

Frau Claasen wohnte in einem schicken Apartmenthaus direkt an der Außenalster mit wunderbarem Blick aufs Wasser und die vorbeischwimmenden Enten. Die alte Dame war sichtlich erfreut, Besuch aus Juist zu bekommen, und führte Leo Marquart und die Baronin durch ihr Wohnzimmer hindurch auf den Balkon, wo im Schatten einer gestreiften Markise bereits ein gedeckter Tisch auf sie wartete.

„Meine Küchenhilfe hat Tee aufgebrüht“, erklärte sie mit freundlichem Lächeln und ließ sich auf einem der Balkonstühle nieder, „aber Sie können gerne auch Kaffee bekommen. Dazu Pflaumenkuchen mit Schlagsahne aus der Konditorei um die Ecke. Ich hoffe, das trifft Ihren Geschmack."

„Sie verwöhnen uns, liebe Frau Claasen, und dazu dieser traumhafte Blick übers Wasser. Schöner kann man es kaum haben." Die Baronin deutete auf ein kleines Mädchen am Ufer, das mit ihrer Mutter die Enten fütterte. „Beneidenswert. Ich könnte den ganzen Tag hier sitzen und die Welt beobachten."

„Das dachte ich auch, als ich diese Wohnung kaufte, doch mittlerweile sehe ich alles nur verschwommen und die Farben scheinen auch viel trüber als vorher. Mein Augenarzt hat mir fest versprochen, dass ich nach der Star-Operation wieder sehen werde wie ein Adler." Frau Claasen lächelte. „Nun ja, da hat er sicher übertrieben. Was immer dabei herauskommt: Ich bin über jede Verbesserung dankbar, wie gering auch immer. Noch nicht einmal zu bemerken, dass jemand am Polster meines Stuhls gepfuscht hat."

„Das konnte man nicht merken", beteuerte die Baronin, „sonst hätte ich das bereits im Auktionshaus gesehen. Der Stoff war glatt und ordentlich gespannt. Machen Sie sich also keine Sorgen, selbst mit Adleraugen wäre Ihnen das nicht aufgefallen."

„Dann bin ich beruhigt. Es hatte mich richtig bedrückt, meiner Lily solchen Kummer bereitet zu haben, wo sie gerade auf dem Weg der Besserung ist, nach all den Jahren der Dunkelheit."

Marquart öffnete den Mund, um etwas einzuwerfen, aber die Baronin schoss ihm einen scharfen Blick zu. Oder bildete er sich das nur ein?

„Die Ärmste. Hatte sie einen Schicksalsschlag, der sie so betroffen hat?", fragte sie wie beiläufig und schenkte rundum Tee nach. „Oft ist so etwas der Auslöser ..."

„Nein", seufzte Frau Claasen, „ich fürchte, das liegt in der Familie. Lilys Mutter hatte die Krankheit auch und muss sie wohl vererbt haben. Dabei waren sie so entzückende Kinder, die beiden, mit ihren blonden Löckchen und den blauen Augen. Richtige Sonnenscheine, alle zwei."

„Alle *beide*?", hakte die Baronin nach. „Lily ist kein Einzelkind?"

„Sie hatte eine Zwillingsschwester, Annie. Die Kleine war nach mir benannt. Die beiden Mädchen sahen sich zum Verwechseln ähnlich, zum Verlieben. Eineiige Zwillinge wie aus dem Bilderbuch. Und dann passierte das schreckliche Unglück ..." Frau Claasen stockte, in ihren Augen schimmerten Tränen. Nach einem Schluck Tee hatte sie sich wieder gefangen. „Es war am dritten Geburtstag der Mädchen. Die Köchin backte Erdbeerkuchen, zur Feier des Tages. Die kleine Annie schnappte sich eine Erdbeere vom Küchentisch und steckte sie in den Mund. Daran ist sie gestorben, noch dort in der Küche. Wie hätte man ahnen sollen, dass die Zwillinge hochgradig allergisch gegen Erdbeeren sind?"

„Mein Gott, wie entsetzlich", hauchte die Baronin. „Ein Schlag für die Familie."

„Die Mutter der beiden, meine Nichte, fiel daraufhin in eine tiefe Depression, von der sie sich nie wieder erholte. Ein paar Jahre später nahm sie sich das Leben, aber in Wirklichkeit war sie bereits damals gestorben, an dem Tag, als Annie starb. Selbst Lily, der kleine Sonnenschein, konnte ihre Mutter nicht aufmuntern. Sie erinnerte sie zu sehr an ihre tote Tochter, deshalb zog ich das Kind mehr oder weniger auf. Lilys Vater war längst über alle Berge. Er konnte die Depressionen seiner Frau nicht länger ertragen."

„Lebt er noch?"

Frau Claasen schüttelte den Kopf. „Nein, er ist vor ein paar Jahren gestorben. Krebs. Von der ganzen Familie sind nur noch Lily und ich übrig. Sie glauben nicht, welchen Kummer es mir bereitet hat, als das Kind ebenfalls Depressionen bekam. Sie war immer so fröhlich gewesen, so unternehmungslustig, aber kaum kam sie in die Pubertät ..." Sie lächelte ihren Besuch an. „Was langweile ich Sie mit diesen alten Geschichten. Mittlerweile ist alles so rosig wie ich es niemals zu träumen gewagt hätte. Eine ganz neue Lily: glücklich verheiratet, unbeschwert auf Juist, sogar eine Reise nach Portugal. Gestern am Telefon erzählte Hannes, dass sie am Strand gewesen und anschließend auf der Terrasse gesessen und die Sonne genossen hätten. Ich kann Gott nicht genug dafür danken, dass die beiden sich gefunden haben. Hannes ist der Sohn meiner Patentochter, wussten Sie das?"

„Nein", sagte die Baronin. „Dann kennen Sie ihn schon sein Leben lang."

Frau Claasen nickte. „Leider ging es seinen Eltern finanziell nicht gut, aber das gab mir wenigstens einen Grund, die drei jeden Sommer nach Juist einzuladen, um dort ihre Ferien zu verbringen. Auch Hannes habe ich selbstverständlich unter die Arme gegriffen, wenn er etwas brauchte. Während des Studiums, zum Beispiel." Sie unterbrach sich, um ein Stückchen Pflaumenkuchen zu essen. „Zu schade, dass die beiden nicht mehr miterleben, wie positiv der Junge sich entwickelt hat, ohne diese unangenehme Freundin, von der er nicht lassen wollte, und jetzt sogar mit der eigenen Firma. Er hat ein Speditionsunternehmen."

„Ich dachte mir schon, dass Herr Kroeger selbständig sein muss, so rührend wie er sich um seine Frau kümmert", sagte die Baronin. „Als Angestellter kann man kaum so lange dem Büro fernbleiben."

„Sagen Sie das nicht, heutzutage ist so vieles möglich. Hannes macht alles per Internet, hat er mir erzählt. In der Firma, hier in Hamburg, sitzt ein Manager, der alles Weitere erledigt. Die beiden können sich auf dem Bildschirm sogar sehen, während sie ihre Besprechungen abhalten." Sie seufzte. „Für mich sind das böhmische Dörfer, das Internet und diese moderne Technik, aber Hannes ist ganz begeistert."

„Wo haben Lily und er sich denn kennengelernt?"

„Im Sandkasten", lächelte Frau Claasen, „wie seine Eltern. Später sahen sie sich dann regelmäßig in den Sommerferien auf Juist, aber dann verloren sie sich aus den Augen. Lily ging ja überhaupt nicht mehr aus dem Haus. Vergangenes Jahr habe ich die zwei dann zum Essen eingeladen. Etwas Leichtes, nur ein paar Lachsschnittchen. Natürlich wusste Lily nicht, dass er kam, sonst hätte sie abgesagt. Hier war es, letzten Sommer auf der Terrasse. Eine richtige Wirbelwindromanze, die Liebe hat sofort eingeschlagen. Genauso hatte ich es mir erhofft und wenn man Lily jetzt ansieht ..." Sie unterbrach sich. „Vor lauter Reden vergesse ich meine Gastgeberpflichten. Hätten Sie gerne noch ein Stückchen Kuchen?"

„Sie haben den ganzen Nachmittag lang kein einziges Wort gesagt", schimpfte die Baronin, als sie im Lift nach unten fuhren. „Stumm wie ein Fisch. Was war denn in Sie gefahren?"

Marquart sah sie entgeistert an. „Sie haben mir deutlich zu verstehen gegeben, dass ich den Mund halten soll, sogar einen bösen Blick haben Sie mir zugeworfen, als ich etwas sagen wollte, und jetzt beschweren Sie sich." Das „Typisch!", das ihm auf der Zunge lag, verschluckte er lieber.

„Also wirklich. Damit habe ich doch nicht gemeint, dass Sie überhaupt nichts sagen. Das mit Ihrer Schnapsfahne ist doch schon Stunden her."

Marquart biss die Zähne zusammen. Am liebsten hätte er sie stehen lassen und wäre allein zurück ins Hotel gestürmt, aber so ging es auch nicht. Sie waren gemeinsam hier, um Licht in diese Angelegenheit zu bringen. Wenn es jetzt Streit gab, lag das nur an den gespannten Nerven der Baronin und der dragonerhaften Art, die sie sowieso an sich hatte. Wäre sie verheiratet, würde sie nachts mit dem Nudelholz in der Hand auf ihren Mann warten, stellte er sich vor, und dem armen Kerl gehörig eins überziehen, wenn er betrunken ins Haus torkelte. Da sie gerade kein Nudelholz zur Hand hatte und auch keinen Ehemann, traf es eben ihn mit einem Satz ungerechter Anschuldigungen. Er seufzte. Wenn sie das in bessere Laune versetzte ...

„Dann habe ich Sie missverstanden", lenkte er ein und hielt ihr die Haustür auf. „Wie wär's, wenn wir einen Abstecher zum Bäcker machten und einen Laib Brot kaufen? Die Enten haben bestimmt noch Hunger."

„Gute Idee." Die Baronin hakte sich bei ihm unter als sei nie etwas gewesen. „Und dann erzählen Sie mir, was Silke Schramms ehemaliger Arbeitgeber gesagt hat."

40

„Der Bericht der Rechtsmedizin über die Rothaarige ist gekommen“, sagte Kommissar Meier und schwenkte eine Akte durch die Luft. „Ich lege ihn auf Ihren Schreibtisch.“

„Na so was.“ Janssen hob erstaunt die Augenbrauen. „Damit hatte ich heute gar nicht gerechnet. Die sind doch sonst nicht so fix.“

„Genießen Sie's, beim nächsten Mal geht's bestimmt wieder langsamer.“

„Sehr tröstlich, Kollege Meier, Sie hätten Seelsorger werden sollen.“ Janssen blickte um sich. „Sagen Sie mal, gibt's hier eigentlich irgendwo Kekse?“

Sein Handy klingelte. Seine Rechte reichte zum Telefon, die Linke zu der Packung Schoko-Leibniz, die ihm Meier über den Tisch reichte.

„Hallo, Herr Marquart. Gibt's was Neues?“

„Nichts Aufregendes“, klang es durch den Hörer. „Ich wollte Ihnen nur berichten, was Harald Michalsky über Silke Schramm erzählt hat.“

Janssen steckte einen Keks in den Mund. Beim Blick auf seine Fingerspitzen, bildete sich eine steile Falte zwischen seinen Augenbrauen. Alles voller Schokolade. Dass diese Wellblechhütte auch keine Klimaanlage hatte, bei der Hitze! „Schießen Sie los“, murmelte er mit vollem Mund.

„Es ist eine Fernfahrerkneipe. Das Mädchen hat etwa ein halbes Jahr dort gearbeitet, damals war sie sechzehn. Es hat ihr keinen Spaß gemacht, sagt Michalsky, das hätte man ihr angemerkt. Ständig zog sie ein langes Gesicht, wenn sie Küchendienst machen sollte, nur als Bedienung habe sie etwas getaugt. Die Kunden mochten sie und steckten ihr Trinkgeld zu. Michalsky musste mehrfach ein Wörtchen mit ihr reden, weil sie sich zu sehr mit den Fernfahrern einließ. Sie ist nach der Arbeit zu ihnen in den Wagen gestiegen und so was, das passte ihm nicht. Er wollte keine Prostituierte als Bedienung und zum Schluss hat er sie rausgeschmissen. Nach der Unterredung ging er kurz in die Küche und als er wiederkam, hatte sie die Hand in der Kasse und machte sich gerade über die Tageseinnahmen her. Blitzschnell rannte sie raus, mit dem Geld in der Hand, also hat er sie angezeigt."

„So steht's auch in meinen Unterlagen", bestätigte Janssen und leckte sich die Schokolade von den Fingern, „nur nicht, dass sie sich extra Geld in den Kabinen der Brummifahrer verdient hat."

„Wissen Sie auch, wieso Michalsky seine Anzeige zurückgezogen hat, obwohl er Silke in flagranti beim Diebstahl erwischte? "

„Nein, der Grund würde mich aber interessieren."

Marquart lachte. „Er könnte sich heute noch in den Hintern beißen, dass er das gemacht hat, sagt er. Er hatte sich genau an die Jugendarbeitsschutzgesetze gehalten, weil sie erst sechzehn war. Er hatte sie immer pünktlich nach Hause geschickt und so weiter und dann erschien sie frech wie Rotz bei ihm in der Kneipe, nachdem er sie rausgesetzt hatte, und erpresste ihn. Sie drohte, der Polizei zu erzählen, er habe sie während der Arbeit regelmäßig zu perversen Sexspielchen gezwungen. Aus Angst, ihren Job zu verlieren, habe sie mitgemacht."

„Michalsky hat sich also von ihr dazu bringen lassen, die Anzeige zurückzuziehen, obwohl das überhaupt nicht stimmte? Kein Wunder, dass er wütend auf sich selbst ist."

„Sein Ruf war ihm damals wichtiger", erklärte Marquart. „Er wollte auf keinen Fall seine Kneipe riskieren. Kann man ja auch verstehen."

„Konnte Michalsky diese Silke näher beschreiben oder kennt er ihre Freunde? Irgendwie müssen wir doch an das Mädchen herankommen. Auf dem Strich arbeitet sie jedenfalls nicht, sonst hätten wir sie garantiert in den Akten, nach all den Jahren."

Marquart verneinte. „Er hat keine Ahnung, was aus ihr geworden ist. Er würde sie aber jederzeit wiedererkennen, da ist er hundertprozentig sicher, und ein saftiges Hühnchen mit ihr rupfen, wegen der Erpressung damals."

„Das nützt mir leider nichts. Selbst wenn Michalsky der einzige Mensch auf der Welt wäre, der Silke Schramm kennt, kann ich ihn schlecht nach Juist einladen, um hier den Strand nach der richtigen Blondine abzusuchen. Eine Stecknadel im Heuhaufen, und wer sagt mir überhaupt, dass ihre Tante sie nicht mit einer anderen verwechselt hat? Sind Sie eigentlich sicher, dass Frau Schramm diese Silke am Tag ihres Todes gesehen hat, nicht schon vorher?"

„Ganz sicher", bestätigte Marquart. „Sie kam völlig aufgelöst nach Hause und beschrieb uns genau, was sie gesehen hatte. Warum fragen Sie?"

„Es war nur so eine Idee. Ich habe mich gefragt, ob Silke Schramm und Mona Seiler identisch sein könnten. Wäre ja möglich, dass sie sich unter falschem Namen bei Kroegers als Haushaltshilfe eingeschlichen hat, um sie zu bestehlen."

„Verwunderlich wäre das nicht. Das wäre nicht der erste Diebstahl, den Silke Schramm auf dem Kerbholz hat."

„Dachte ich auch, und die gefälschten Referenzen und Adressdaten, die Mona Seiler den Kroegers vorgelegt hat, würden auch passen. Trotzdem fällt diese schöne Theorie auf jeden Fall flach. Mona Seiler war bereits mehrere Tage lang tot, als Frau Schramm ihre Nichte Silke auf dem Kurplatz sah."

„Sind Sie sicher?"

„Völlig sicher, obwohl ich den Rechtsmedizinischen Befund noch nicht gelesen habe", antwortete Janssen mit Blick auf den Bericht, „aber da die Tote bereits am Donnerstag bei Heilmanns im Keller lag, kann sie schlecht zwei Tage später über den Kurplatz spaziert sein. Außerdem war die eine Dame blond und die andere rothaarig, wenn auch aus der Packung." Er brummte. „Na ja, war nur so eine Idee."

Nachdenklich nahm er die Akte zur Hand, nachdem das Telefonat beendet war. Was, wenn Marquart und die Baronin sich irrten? Was, wenn diese Dorle Schramm ihre Nichte bereits vorher gesehen hatte, aber erst am Samstag darauf zu sprechen kam? Er klappte das Deckblatt um. Lieber auf Nummer sicher gehen. Gleich morgen würde er die Fotos der toten Mona Seiler an Harald Michalsky faxen lassen.

41

Donnerstag

Verzagt begutachtete die Baronin das Mietshaus, in dem Dorle Schramm gewohnt hatte. Schon geschlagene zwei Minuten lang.

„Was ist“, fragte Leo Marquart. „Gefällt es Ihnen nicht?“

Sie schreckte auf. Offensichtlich war sie in Gedanken versunken gewesen. „Doch“, antwortete sie. „Ich habe nur gerade an Dorle gedacht, wie gerne sie hier gelebt hat, bevor sich herausstellte, was für ein Schuft dieser Mann ist. Sie hat immer in den höchsten Tönen von der gemütlichen Wohnung geschwärmt und wie schön es in Leer sei. Sie wäre sicher in der Stadt geblieben und hätte sich ein nettes Apartment gesucht, sobald sie den Frust über ihren Ex bewältigt hätte.“ Ihre Augen füllten sich mit Tränen. „Ich kann immer noch nicht glauben, dass sie nicht mehr am Leben ist.“

Tröstend legte Marquart den Arm um ihre Schultern. „Kommen Sie“, sagte er. „Gehen wir hinein.“

Die Baronin schüttelte den Kopf. „Seien Sie mir nicht böse, ich würde lieber nicht mitkommen. Das hier geht mir alles zu nahe, überall sehe ich Dorle vor mir. Ist es in Ordnung, wenn ich dort in dem Café an der Ecke auf Sie warte?“

Uwe Schreiter, Dorle Schramms ehemaliger Lebensgefährte, führte ihn in eine Wohnküche, an der Leo Marquart nichts Gemütliches entdecken konnte. Weder das Muster der Sitzbankpolster gefiel ihm, noch die blumige Kacheltapete, die an der Wand klebte. Ob Dorle Schramm das Dekor ausgewählt hatte?

Herr Schreiter selbst war gar nicht so übel, fand er, längst nicht so garstig wie das Bild, das Dorle von ihm gemalt hatte. Etwas füllig, aber nicht feist, sondern eher der gemütliche Typ. Der Mann war ausgesprochen liebenswürdig, bot ihm einen Sitzplatz am Küchentisch an und stellte ein Schälchen Butterkekse vor ihn auf die Tischdecke.

„Es ist wirklich nett, dass Sie kommen, um mir einen Beileidsbesuch zu machen", sagte er und strich sich verlegen durchs Haar. „Ich meine, wo wir doch getrennt waren, Dorle und ich. Schrecklich, dass sie so sterben musste. Erwürgt – ich konnte es kaum glauben, als die Polizei herkam und mir die Nachricht überbrachte."

„Uns ging es genauso", bestätigte Marquart. „Abends ging sie fröhlich auf eine Strandparty und morgens erschien sie dann nicht zum Frühstück. Der Baronin geht es sehr nahe, deshalb ist sie nicht mit hereingekommen. Es war alles zu viel für sie, hier zu sein, die Erinnerung an ihre Freundin war einfach zu stark. Jetzt trinkt sie gegenüber einen Kaffee und wartet auf mich. Trotzdem, auch von ihr herzliches Beileid."

„In dem Café an der Ecke? Dort hängen einige Aquarelle und Zeichnungen, die Dorle gemalt hat, alle mit Preisschildern dran. Vielleicht möchten Sie sie angucken, wenn Sie Ihre Bekannte abholen? Nicht, dass viele gekauft werden. Die Leute, die dort hingehen, sind keine großen Kunstkenner, aber die Bilder sind wirklich gut. Dorle hatte ein scharfes Auge fürs Detail, nur vom Verkauf verstand sie nichts." Er hielt Marquart die Keksschale hin. „Möchten Sie einen? Meine neue Freundin hat sie gebacken, die versteht was davon."

Marquart griff zu, obwohl er keinen allzu großen Hunger hatte, und bereute es nicht. Der Keks schmeckte wirklich ausgezeichnet. „Köstlich. Kompliment an Ihre Partnerin."

Schreiter schien sich zu freuen. „Danke, das richte ich ihr aus. Dorle hat Ihnen bestimmt erzählt, warum wir uns getrennt haben. Ich meine, dass ich eine Neue hatte. Aber wir beide haben wirklich nicht zusammen gepasst, Dorle und ich. Sie hat mir ständig mit irgendwelchen Schlössern und Museen in den Ohren gelegen, sogar in die Oper sollte ich mitkommen. Dabei habe ich ihr nie etwas vorgemacht: Ich interessiere mich einfach nicht für Kultur und die Reiseziele, die ihr vorschwebten. Meine Idee von einem schönen Urlaub ist ein gepflegter Hotelpool und möglichst viel Sonne, keine endlosen Fototrips zu antiken Tempeln. Kochen konnte sie auch nicht, außer Mikrowellengerichten war da nichts drin. Nicht, dass ich mich beschweren will, aber auf die Dauer war das einfach nichts für mich." Er seufzte. „Noch nicht einmal beim Fernsehprogramm konnten wir uns einigen. Wir hätten uns sowieso getrennt, auch wenn ich meine neue Freundin nicht kennengelernt hätte. Das hat alles nur beschleunigt, aber dass sie gleich sterben muss und so brutal, das habe ich ihr nicht gewünscht. Wenn ich nur wüsste, warum jemand so was macht."

„Haben Sie nicht die geringste Ahnung? War niemand wütend auf Frau Schramm? Irgend etwas muss es doch gegeben haben."

Schreiter zuckte die Achseln. „Sie glauben nicht, wie oft ich mich in den letzten Nächten im Bett gewälzt habe, um über genau das nachzudenken, aber ohne Erfolg. Dorle hatte keine Feinde und mit niemandem Streit irgendwelcher Art, obwohl sie umtriebig war und viele Leute kannte. Aus dem Malkurs und auch sonst." Verlegen verschränkte er die Arme. „Verstehen Sie mich nicht falsch, wenn ich das jetzt sage, über Tote soll man ja nicht schlecht sprechen, aber Dorle war nicht sonderlich beliebt. Nicht, dass sie mit anderen stritt, die Leute gingen ihr einfach aus dem Weg. Sie hatte so etwas an sich, ich kann das schlecht erklären ..."

Marquart wusste genau, was Schreiter meinte, schließlich hatte er selbst Dorle Schramm auch nicht gerade sympathisch gefunden. „Sie hatte also wenig privaten Kontakt zu anderen, obwohl sie sich gern unter Menschen mischte."

Schreiter nickte. „Genau so meinte ich das: Sie hatte Kontakt zu anderen, aber nichts Privates, und als Konsequenz gab es auch keinen Streit mit anderen. Die Baronin war die einzige Freundin, die sie hatte. Dorle war glücklich, sie bei dieser Reise an die Loire gefunden zu haben." Er seufzte. „Ich übrigens auch. So hatte sie wenigstens jemanden, an den sie sich in ihrem Kummer über unsere Trennung wenden konnte."

„Und ihre Familie?"

Er zuckte die Schultern. „Von denen weiß ich nur, dass sie sich einen feuchten Kehricht für Dorle interessierten. Diese Roswitha meldete sich nie und von ihren Besuchen kam Dorle jedes Mal frustriert zurück und schwor, nie wieder zu ihrer Schwester zu fahren. Na ja, ein paar Monate später fuhr sie dann doch wieder hin, um sich erneut frustrieren zu lassen." Er verzog den Mund. „Und jetzt hatte diese Ziege von Schwester tatsächlich den Nerv bei mir anzurufen und zu sagen, dass ich die Beerdigungskosten übernehmen solle, weil Dorle und ich ja quasi verheiratet gewesen seien."

Marquart pfiff durch die Zähne. Diese Roswitha Bremer war nur auf ihren eigenen Vorteil bedacht. „Und? Haben Sie sie abgewimmelt?"

„Selbstverständlich, von so einer lasse ich mich doch nicht herumkommandieren", grinste Schreiter. „Allerdings werde ich ein Auge auf das Grab halten. Dieser Frau ist zuzutrauen, sich weder um Grabpflege noch um einen Gedenkstein zu kümmern. Das werde ich dann übernehmen, aber das braucht sie nicht zu wissen, zumindest jetzt noch nicht." Er sah auf die Uhr. „Ich muss Sie leider raussetzen, Herr Marquart, die Arbeit ruft. Ich lehre nachmittags an der Volkshochschule. Computerkurse für Anfänger."

Er brachte Marquart zur Tür. „Es hat mich wirklich gefreut, Sie kennenzulernen, wenn auch unter diesen Umständen. Falls ich Ihnen noch irgendwie behilflich sein kann, melden Sie sich bitte bei mir. Sie haben ja die Telefonnummer. Und vergessen Sie nicht, sich Dorles Bilder im Café anzusehen."

Die ausgestellten Aquarelle und Zeichnungen waren wirklich beeindruckend, fand Leo Marquart. Die Baronin kam ebenfalls aus dem Schwärmen nicht mehr heraus. Mit der Kaffeetasse in der Hand war sie während seiner Abwesenheit von Bild zu Bild spaziert, hatte den feinen Strich der Bleistiftzeichnungen bewundert, die Liebe zum Detail, die hier zum Ausdruck kam, und das Spiel von Licht und Schatten, das Dorle aufs Papier gezaubert hatte. Verliebt hatte sie sich dann in ein Aquarell, das eins der Loire-Schlösser darstellte, das sie gemeinsam besucht hatten, und hatte es zur Freude der Cafébesitzerin erstanden. Dazu noch einen Satz postkartengroßer Blumenaquarelle, die sie rahmen und weiterverschenken wollte, sowie eine kleine Zeichnung. Eine Straßenszene, die Dorle von einem Straßencafé oder einer Bank auf einer belebten Fußgängerzone aus gezeichnet haben musste.

„Erstaunlich, wie sie mit wenigen Strichen jedes noch so kleine Detail eingefangen hat", sagte sie zu Leo Marquart, dem sie ihre neuerworbenen Schätze zeigte. „Man meint fast, die Leute vor sich zu haben."

Stirnrunzelnd betrachtete Marquart das Bild.

„Was ist, gefällt es Ihnen nicht?"

„Doch. Ich dachte nur gerade darüber nach, was Janssen sagte; dass das vielleicht gar nicht Dorles Nichte war, die sie damals auf dem Kurplatz gesehen hat." Er legte die Zeichnung zurück auf den Tisch. „Dorle hatte eine außergewöhnliche Beobachtungsgabe. Es gibt keinen Zweifel: Wenn sie die Frau für ihre Nichte hielt, dann war es auch ihre Nichte." Nachdenklich strich er sich durchs Haar. Die Frage war nur, wo diese Silke abgeblieben war.

42

Als Marquart und die Baronin in Norddeich Mole ankamen, hatte die Fähre gerade abgelegt.

„Auch das noch." Der Baronin stand die Enttäuschung ins Gesicht geschrieben. „Alles nur, weil der

Zug Verspätung hatte. Jetzt müssen wir ins Hotel. Meinen Sie, die Bahn erstattet uns die Auslagen?"

„Vergessen Sie's. Wenn die jedesmal ein Hotelzimmer zahlten, nur weil eine Bahn Verspätung hat, wären sie schon längst pleite." Marquart warf einen Blick auf den Fahrplan. „In zwanzig Minuten geht der nächste Zug nach Norden. Wie wär's, wenn wir dieses Hotel ausprobieren, das Kroegers so warm empfohlen haben, den *Backborder Hof*? Mit etwas Glück ist dort noch ein Zimmer frei."

„Zwei Zimmer, meinen Sie wohl", korrigierte die Baronin.

Glaubte sie im Ernst, dass er mit ihr ...?

Sie deutete auf eine Verkaufsbude, die damit warb, dass es hier die besten Fritten Ostfrieslands gab. „Wollen wir dort drüben einen Tee trinken, während wir auf den Zug warten?"

Marquart nickte und schnappte die Reisetaschen. „Tee an der Frittenbude und eine ausführliche Diskussion, ob wir gemeinsam im Doppelbett schlafen sollen. Klingt interessant."

Der *Backborder Hof* war tatsächlich eine Entdeckung, wenn auch bedeutend teurer als das Hotel, in dem Leo Marquart normalerweise abstieg. Allerdings war der Unterschied nicht zu übersehen: Der Service war hervorragend und die Zimmer und Aufenthaltsräume geräumiger und weitaus besser ausgestattet. Das Hotel war im Stil einer Kapitänskajüte eingerichtet, mit Möbeln aus matt schimmerndem dunklen Holz und blank polierten Messingbeschlägen. Die Bezugsstoffe und Gardinen waren in Blautönen gehalten, einheitlich im ganzen Haus und passend zu den maritimen Gemälden an den Wänden und den unvermeidlichen Buddelflaschen, Muscheln und Seesternen. Obwohl in der Bar ein präparierter Hai über der Theke hing und Marquart unlieb an den im *Alten Kapitän* erinnerte, schwebte hier der Hauch von Luxus und Gediegenheit über dem Ganzen. Eins war gewiss: Im *Backborder Hof* krabbelten keine Kakerlaken neben dem Bierglas.

„Prost“, sagte Marquart zur Baronin, die nach einem vorzüglichen Abendessen nun auf dem Hocker neben ihm thronte und ein Gesicht machte, als hätte sie noch nie an einer Bar gesessen. Oder machte der Hai ihr Angst?

Sie hob ihr Sektglas, in dem ein Prosecco perlte, und rang sich ein Lächeln ab. „Ehrlich gesagt würde ich mich lieber dort drüben aufs Sofa setzen“, gestand sie. „Dieser Hocker ist so hoch, dass ich Sorge habe, herunterzufallen. Ich sehe mich schon auf dem Rücken liegen und zappeln wie eine riesige Kakerlake.“

Marquart hob die Augenbraue. Wie zum Kuckuck kam sie jetzt auf Kakerlake? „Schade, das hätte ich gerne gesehen.“

„Eben deshalb.“

Sie zogen um, mit Handtasche, Bier und Sektglas, und standen plötzlich zu viert vor der Sofasitzgruppe. Ein Pärchen war ebenfalls auf die Idee gekommen, hier Platz zu nehmen.

„Kein Problem“, lachte der junge Mann, der sich als Markus Schneider vorstellte, „hier ist genug Platz für uns alle.“

Seine Frau und er flitterten hier, stellte sich heraus, nachdem sie sich gesetzt hatten. „Meine Großeltern wohnten in Norden", erklärte er das etwas ungewöhnliche Hochzeitsreiseziel. „Seitdem habe ich ein Faible für die Gegend."

„In den Süden können wir immer noch", fügte seine Frau hinzu und legte ihre Hand auf die seine, sodass man den neuen Diamantring funkeln sah. „Flitterwochen in Ostfriesland ist mal was Besonderes, meine Freundinnen waren ganz neidisch. Ich bin erstaunt, wie kontaktfreudig die Ostfriesen sind. Man denkt doch immer, die seien wortkarg und verschlossen, aber das Gegenteil ist der Fall. Hier im Hotel haben wir schon so viele nette Leute kennengelernt ..."

„Herr Marquart und ich sind zugezogen, also keine echte Ostfriesen", lächelte die Baronin. „Jetzt wohnen wir auf Juist."

„Juist! Na so was, gerade gestern haben wir einen Ausflug auf die Insel gemacht. Morgens mit der Fähre hin, abends zurück, bei strahlendem Sonnenschein. Neulich waren hier so nette Gäste, Kroegers, vielleicht kennen Sie sie. Die beiden haben uns so von Juist vorgeschwärmt, dass wir uns das nicht entgehen lassen wollten."

„Sie meinen Hannes und Lily Kroeger?", fragte Marquart. „Wegen derer Empfehlung sind wir im *Backborder Hof* abgestiegen."

„Wir hatten einen wunderbaren Abend mit den beiden", schwärmte Frau Schneider. „Sogar zu einer Hochzeit, die hier im Hotel stattfand, wurden wir eingeladen. Ganz spontan kam plötzlich das Brautpaar zu uns rüber und bat uns dazu, mit Tanz und einem ganz tollen Discjockey. Wir hatten so viel Spaß, Kroegers und wir, und kamen erst weit nach Mitternacht ins Bett. Ganz wie bei unserer eigenen Hochzeit."

Als Marquart drei Stunden später in sein gemütliches Hotelbett fiel, hatte er einen wirklich netten Abend verbracht. Nach dem ausführlichen Bericht über ihre Erlebnisse mit Kroegers hatte Frau Schneider vorgeschlagen, ein wenig Bridge zu spielen. Daraus waren dann mehrere Stunden geworden und Marquart war erstaunt, was für eine exzellente Spielerin die Baronin war. Da lebte man gemeinsam in einem Haus und wusste nichts voneinander! Vielleicht sollte er auf Juist eine kleine Bridgetruppe zusammenstellen, die sich regelmäßig zum Spielen traf, oder gab es das bereits? Er nahm sich vor, sich gleich morgen im Haus des Kurgastes nach einem Bridgeclub zu erkundigen. Zufrieden mit seinem Vorsatz drehte er sich auf die Seite. Warum war ihm diese grandiose Idee nicht schon früher gekommen?

43

Freitag

Nachdem Leo Marquart seinen Wecker nicht gestellt hatte, schlief er bis in die Puppen, duschte ausgiebig und spazierte dann nach unten. Der Frühstücksraum ging nach Osten hinaus und war angenehm lichtdurchflutet, so wie man es sich morgens wünschte. Bei Sonnenschein machte das Früstück nochmal so viel Spaß.

Das Gedeck der Baronin war bereits abgeräumt. Sicher war sie mit dem ersten Hahnenschrei aufgestanden und machte mittlerweile die Geschäfte unsicher, oder war sie etwa im Fitnessraum? Egal. Er bestellte einen Kaffee und schlug die Zeitung auf. Ein Artikel über die Morde auf Juist starrte ihm entgegen, der sich hauptsächlich darüber ausließ, dass die Polizei nach wie vor im Dunkeln tappe und die Tote aus dem Keller immer noch nicht identifiziert sei. Dazu eine Porträtzeichnung mit der Überschrift: „Wer kennt diese Frau?"

Wer weiß, ob es mittlerweile nicht doch etwas Neues gibt, dachte Marquart und ging zum Wirtschaftsteil über. Heute Abend konnte Janssen ihm das selbst berichten.

Die Baronin sorgte dafür, dass die Fähre nicht schon wieder ohne sie fuhr. Viel zu früh schleppte sie Leo Marquart zum Hafen in Norddeich Mole, mit dem Hinweis, er könnte dort ja einen Tee trinken wie gestern, falls ihm langweilig würde, oder ein Buch lesen. Hauptsache, sie waren vor Ort, wenn das Schiff kam. Seufzend hatte er eingewilligt. Zwar ließ er sich nicht gerne herumkommandieren und von ihr schon gar nicht, aber im Grunde war es sogar schöner, auf einer sonnigen Bank im Hafen zu sitzen als im Hotelzimmer. Also waren sie zum Bahnhof spaziert, sie vorneweg und er mit den Reisetaschen hinterher.

Die Überfahrt war wie immer ein Genuss. Strahlender Sonnenschein, blaues Meer, das Kreischen der Möwen und dazu ein frisch gebrühter Kaffee aus dem Bordrestaurant. Von seinem Fenstersitz aus ließ Marquart die Szenerie an sich vorübergleiten, während die Baronin mit einer Bekannten plauschte, die sie an der Anlegestelle getroffen hatte.

Sehr interessant war der Ausflug aufs Festland nicht gewesen, entschied Marquart. Gut, sie hatten Dorle Schramms Familie kennengelernt sowie den Exfreund, aber weitergebracht hatte sie das nicht. Nach wie vor schien es kein Motiv für den Mord zu geben und es kristallisierte sich mehr und mehr heraus, dass Dorle von einem Fremden aus purem Spaß getötet worden war. Ein Sexualverbrechen, so hatte er Hauptkommissar Janssen verstanden, war es nicht gewesen. Silke Schramm, Dorles Nichte, waren sie auch nicht näher gekommen. Dass das Mädchen ein ziemliches Herzchen war, war schon vor seinem Gespräch mit Harry Michalsky aus der Brummi-Bar klar gewesen. Ganz die Mutter, die Kleine, wenn die auch noch so tugendhaft tat. Wahrscheinlich war Roswitha Bremer im Geheimen neidisch auf ihre Tochter. Immerhin hatte sie es geschafft, der tristen Hamburger Wohnsiedlung zu entkommen.

„Wir sind gleich da", holte ihn die Baronin aus seinen Überlegungen. „Sehen Sie mal, da ist schon unser Wahrzeichen, das Segel der Seebrücke."

„Endlich keine Autos mehr", jubelte die Baronin, während Marquart neben ihr lief, in jeder Hand eine Reisetasche. „Heute Morgen beim Einkaufen in Norden wurde ich zwei Mal fast umgefahren. Ein Verkehr war das, ich bin die vielen Autos einfach nicht mehr gewöhnt."

„Auf dem Festland steigen viele Leute nur zum Milchholen ins Auto, wo sie genausogut die paar Schritte zum nächsten Laden laufen könnten. Apropos Milch, haben wir eigentlich noch genug im Kühlschrank oder müssen wir einkaufen?"

„Es sollte reichen und heute Abend gehen wir doch sowieso mit Herrn Janssen ins Restaurant." Ihr Blick fiel auf die Terrasse eines Cafés beim Schiffchenteich. „Gucken Sie mal, sitzen da nicht die Kroegers, dort drüben in der Gruppe, die beiden mit Sonnenbrille? Wollen wir mal kurz guten Tag sagen und erzählen, dass wir ihre Bekannten im Hotel getroffen haben?"

Kroegers saßen mit zwei weiteren Paaren im Sonnenschein, drei Hunde angeleint zu ihren Füßen, und aßen einträchtig Kuchen. Bekannte vom Hundestrand, folgerte Marquart, der bei seinen Spaziergängen mit dem Tier ebenfalls viele Bekanntschaften geschlossen hatte, auf dem Hundeauslaufplatz und wo immer er mit ihm aufgetaucht war. Kroegers Flatcoat war der schönste der drei, fand er. Die anderen beiden waren weniger sein Fall, ein Pudel und eine undefinierbare Mischung mit grimmigem Ausdruck, der ihn unter dem Tisch hervor anknurrte.

„Sie glauben nicht, wen wir im *Backborder Hof* kennengelernt haben", setzte die Baronin an, gefolgt von einer minutiösen Beschreibung jedes Satzes, den die Schneiders von sich gegeben hatten, sowie einer allgemeinen Lobpreisung des Hotels, insbesondere des Frühstücks, der Federung des Bettes und der flauschigen Badematten.

Frauen, dachte Marquart, ein ewiges Gequatsche. Da sie einmal in Schwung gekommen war, würde man sie schlecht so schnell stoppen können.

„Guten Tag, alle miteinander", ertönte plötzlich die Stimme von Jens Heilmann neben ihnen. Er war an den Tisch getreten und begrüßte alle rundum. „Sie müssen Frau Kroeger sein, freut mich, Sie kennenzulernen", sagte er und reichte Lily die Hand, wobei er sie von oben bis unten anerkennend musterte. Ein wenig zu anerkennend, fand Marquart.

Lily senkte errötend die Lider und piekste die Kuchengabel in ihr Erdbeertörtchen.

Marquart zog die Augenbrauen zusammen. Der Mann täte besser daran, seine begehrlichen Blicke bei sich zu behalten. Besonders jetzt, nachdem seine Frau diese Rothaarige eingemauert hatte, in der sie seine Geliebte vermutete.

Heilmann hielt eine Sammelbüchse hoch. „Ohne aufdringlich sein zu wollen: Ich sammle für die Seemannsmission. Über eine kleine Spende wären die Betroffenen Ihnen sehr dankbar."

Alle warfen ihre Spende in die Büchse.

„Neulich gab es doch einen Vortrag darüber im Haus des Kurgastes", sagte die Baronin. „Mir war gar nicht klar, dass Sie involviert sind, Herr Heilmann."

„Das bin ich auch nicht, aber ab und zu helfe ich beim Sammeln. Mein Großvater war Seefahrer, wissen Sie?" Er blickte auf den Flatcoat, dann auf Lily Kroeger, zu deren Füßen er lag. „Bestimmt sehen wir uns bald mal auf einem Spaziergang mit den Hunden. Meine Frau hat von nichts anderem mehr gesprochen, sie wollte unbedingt einen Hund wie Ihren, genau so einen. Jetzt haben wir ihn. Nicht billig, aber so ist das, wenn man in Frieden leben will. Nicht diskutieren, sondern zahlen, sag ich immer." Er lächelte in die Runde und verabschiedete sich. „Ich muss weiter, meine Sammelbüchse ist noch längst nicht voll."

„Wir gehen besser auch", sagte Marquart, der sich weder weitere Ausschweifungen der Baronin noch irgendwelche Hundeanekdoten anhören wollte. „Wir haben Sie lange genug aufgehalten.“

„Warum Sie immer so eilig sind“, beschwerte sich die Baronin, als sie außer Hörweite waren. „Wir hatten uns doch gerade so nett unterhalten.“

Auf diese Bemerkung antwortete er lieber nichts. Schließlich konnte man nicht von netter Unterhaltung sprechen, wo ausschließlich die Baronin selbst geredet hatte. Die anderen hatten höchstens freundlich genickt. *So* interessant war der *Backborder Hof* nun auch wieder nicht.

„Haben Sie bemerkt, wie anzüglich dieser Jens Heilmann Lily Kroeger angestarrt hat?“, fuhr sie fort. „Unglaublich, und dabei saß ihr Ehemann direkt daneben. Manieren hat der Kerl! Kein Wunder, dass Charlotte Heilmann dachte, er hat eine andere, wenn er den Frauen dermaßen hinterherguckt.“

Marquart pflichtete ihr bei, mit den Gedanken allerdings längst bei dem Strandlauf, den er gleich machen würde. Das würde ihm so richtig gut tun und seinen Kopf frei machen. Er konnte es sich nicht leisten, sich von den beiden Morden ablenken zu lassen. Es war höchste Zeit, wieder an seinem Manuskript zu arbeiten.

44

Hauptkommissar Janssen saß schlecht gelaunt hinter seinem Schreibtisch. Nicht nur, dass sein Magen grummelte; gerade hatte er die Nachricht erhalten, dass

Harald Michalsky die Tote nicht als Silke Schramm wiedererkannt hatte. Das war zwar von Vornherein zu befürchten gewesen, aber irgendwie war er dennoch sicher, auf der richtigen Spur zu sein, das hatte ihm sein Unterbewusstsein gesagt. Gut, die Schramm und die Seiler waren also nicht identisch, aber was dann? Die zwei hatten irgendetwas miteinander zu tun und die beiden Morde auch. Bloß was?

Der Bericht über die Tote aus dem Keller hatte nicht viel Neues erbracht. Mona Seiler war mit starken Schlafmitteln ruhiggestellt worden, bevor sie erstochen wurde. Ihre natürliche Haarfarbe war blond, was auch zum Bericht der Spurensuche passte, die einen Vorrat an tizianroter Haartönung in ihrem Zimmer gefunden hatte sowie ein paar einzelne Haare der Toten in ihrer Originalhaarfarbe. Erschöpft fuhr Janssen sich durchs Haar. Das Verflixte an der Sache war, dass keine Mona Seiler vermisst wurde. Auch keine Ramona Seiler und keine Monika Seiler. Da die Tote weder einen auffälligen Zahnstand noch Füllungen oder Kronen hatte, konnte man eine Identifizierung über Zahnärzte ziemlich ausschließen – und wer wusste schon, welche Haarfarbe sie vor der Anstellung bei Kroegers gehabt hatte?

Hoffnungsvoll machte Janssen sich auf den Weg zu dem Restaurant, in dem er sich mit Leo Marquart und der Baronin verabredet hatte. Zwar hatte Marquart ihm täglich telefonisch Bericht erstattet, aber von Angesicht zu Angesicht redete es sich besser. Außerdem sahen vier Augen mehr als zwei. Vielleicht hatte die Baronin etwas bemerkt, das ihrem Begleiter entgangen war. Irgendwie musste er in diesem verdammten Fall doch vorankommen.

Das Schollenfilet zerging förmlich auf der Zunge, dazu gab es Salzkartoffeln und Speck-Butter-Sauce. Zufrieden lehnte sich Janssen zurück. Eigentlich merkwürdig, dass seine Laune dermaßen von der Qualität des Essens abhing. Je köstlicher das Gericht, desto besser – und wenn sein Magen knurrte, war die Stimmung auf dem Nullpunkt.

„Also wiederholen wir noch einmal", sagte er. „Sie waren bei den Bremers, die sich als genauso unerfreulich herausstellten wie von Frau Schramm beschrieben. Diese Roswitha Bremer hatte keine Ahnung über das Leben ihrer Schwester oder deren Umgang, und hatte auch den Lebensgefährten nie kennengelernt."

„Nicht nur sie, die ganze Familie war völlig desinteressiert, noch nicht einmal traurig über Dorles Tod", bestätigte die Baronin. „Sogar an dem Geschenk haben sie rumgemeckert, dem Briefbeschwerer, den Dorle für ihre Schwester gekauft hatte. Sie wollen ihn dem Hausmeister weiterschenken."

„Uwe Schreiter, der Exfreund, erhielt dann einen Anruf von ihr", sagte Marquart. „Sie wollte ihm die Beerdigungskosten aufdrücken, er habe schließlich mit Dorle zusammengelebt. Glücklicherweise konnte er sie erfolgreich abwimmeln."

„Was war mit Herrn Bremer und der anderen Tochter?"

Marquart zuckte die Schultern. „Die saßen beide fett auf der Couch, futterten Erdnussflips und schimpften über Silke. Die habe bestimmt die Beine breit gemacht, damit ihr Boss die Anzeige zurückzieht, sagte die Schwester."

„Genau in diesen Worten", seufzte die Baronin. „Sehr unschöne Familienverhältnisse."

„Wenn Sie sagen, diese Gitta saß fett auf dem Sofa, meinen Sie damit die Art, wie sie saß, oder ihr Gewicht?", hakte Janssen nach. „Auf dem Foto, das wir mittlerweile von den Bremers erhalten haben, sehen sich die beiden Schwestern recht ähnlich. Beide blond, schlank, blauäugig ..."

„Wenn Sie denken, dass Dorle Schramm womöglich ihre andere Nichte auf dem Kurplatz gesehen hat, vergessen Sie's", sagte Marquart. „Das Mädchen ist total aus dem Leim gegangen und Dorle erwähnte sogar die schlanke Figur ihrer Nichte. Silke sei geradezu unverändert, sagte sie, nur eben älter, und nachdem ich mittlerweile ihre Zeichnungen gesehen habe, ist mir klar, was für ein Auge fürs Detail Dorle hatte."

Janssen seufzte. „Ich hatte tatsächlich etwas in der Art gehofft. Sie meinen also, wenn Frau Schramm sagte, dass sie ihre Nichte Silke gesehen hat, dann war das auch ihre Nichte."

„Genau", nickte die Baronin. „Ich habe ein paar Bilder von Dorle gekauft. Wenn Sie möchten, bringe ich sie Ihnen morgen vorbei, damit Sie sehen, wovon wir sprechen."

„Vielen Dank. Ich glaube nicht, dass das nötig ist, aber wer weiß? Vielleicht komme ich doch noch mal auf Ihr Angebot zurück. Das Dumme ist nur, dass wir die Frau bisher nicht auftreiben konnten, obwohl wir alle Silkes, die sich an dem fraglichen Samstag auf Juist befanden, abgeklappert haben."

„Woher wollen Sie das wissen?", warf die Baronin ein. „Vielleicht hat sie nur einen Tagesausflug gemacht? Dann erscheint ihr Name nicht im Melderegister."

„Daran haben wir auch schon gedacht, aber an dem Tag ging nur eine einzige Fähre. Sie muss also auf der Insel übernachtet haben und mittlerweile weiß wirklich jeder Juister, dass wir eine Frau mit Vornamen Silke suchen. Selbst wenn sie bei Freunden zu Besuch war, sollten die uns längst kontaktiert haben."

„Vielleicht vermietet jemand schwarz an Sommergäste? Alles ist möglich." Die Baronin legte die Serviette in den Schoß. „Was ist, trinken wir einen Kaffee zum Abschluss? Ein Nachtisch wäre mir im Moment zu viel, nach dieser üppigen Portion."

„Gute Idee." Marquart winkte dem Kellner.

Janssens Handy klingelte. „Verdammt", sagte er, als er hörte, was der Anrufer zu sagen hatte. „Ich bin sofort da." Er erhob sich.

„Ist etwas passiert?"

Janssen nickte. „Es gibt einen weiteren Toten."

Jens Heilmann lag erstochen auf dem Weg beim Hundeauslaufplatz. Meier und Wilkens hatten die unangenehme Aufgabe, der Ehefrau die Nachricht vom Tod ihres Mannes zu überbringen. Den Welpen, der beim Auffinden der Leiche neben Heilmann gespielt hatte, hatten sie gleich mitgenommen. Allerdings ohne die Leine, die auf Spuren untersucht werden sollte.

„Liegt er hier schon lange?", fragte Janssen den Arzt, der sich über den Toten beugte.

„Eine knappe Stunde, schätze ich mal, wenn überhaupt. Länger kann man hier auch nicht liegen, mitten auf dem Weg, ohne entdeckt zu werden. Hier kommen doch ständig Hundebesitzer vorbei." Er richtete sich auf. „Es gibt mehrere Einstiche in den Rücken.

Das deutet auf eine große Aggression hin, wie schon bei dieser Frau im Keller, oder der Täter wollte sicherstellen, dass sein Opfer tatsächlich hinüber ist. So wie's aussieht, wurde er nach dem Mord nicht mehr bewegt, also weder hier abgelegt noch vom Weg geschleift."

„Irgendwelche Abwehrspuren?"

„So weit sind wir nicht, der Mann wurde doch gerade erst gefunden. Sie wissen doch selbst, wie lange die Untersuchungen dauern. Aber auf den ersten Blick hat er sich nicht gewehrt, sondern ging gleich nach vorne in die Knie. Die weiteren Messerstiche haben ihm dann den Rest gegeben, schätze ich, aber da müssen Sie wirklich die Obduktion abwarten."

„Macht Sinn, so wie er daliegt. Er müsste also gemeinsam mit seinem Mörder hier langgegangen sein und in einem unbeobachteten Moment zog der Typ sein Messer und stach von hinten zu." Janssen kratzte sich am Kinn. „Oder er beugte sich gerade zu dem Hund runter." Vor seinen Augen tauchte die Vision auf, wie Jens Heilmann den kleinen Flatcoat streichelte und von hinten ein Messer aufblitzte ... So ähnlich musste es gewesen sein. Er blickte um sich. Hier draußen war wenig Spielraum, sich von hinten anzuschleichen, besonders da der Welpe dabei war. Die lange, flexible Leine, mit dem Heilmann das Tier geführt hatte, ließ ziemlich viel Auslauf zu. Janssen hatte Erfahrung mit Hunden und wusste, wie oft sie zum Schnüffeln zurückblieben. Heilmann hatte sich auf dem Weg hierher sicherlich mehrfach nach dem Tier umgedreht und hätte bemerkt, wenn ihm jemand gefolgt wäre.

Janssen wechselte noch ein paar Worte mit den Leuten von der Spurensuche, dann machte er sich auf den

Weg zu Charlotte Heilmann. Wieso, fragte er sich, war die eigentlich nicht mit ihrem Mann und dem Hund unterwegs gewesen? Schließlich hatte sie den Welpen doch unbedingt gewollt, wenn er das richtig verstanden hatte. Janssen schnaubte in sein Taschentuch. Vielleicht war sie gar nicht zu Hause geblieben. Gut möglich, dass die beiden den Hund gemeinsam ausgeführt hatten, Charlotte mit einem Messer in der Tasche. Janssen wusste es schon jetzt: Wenn nötig, würde die Frau lügen wie gedruckt. Wer Leichen einmauerte, war zu allem fähig.

45

Der Besuch bei Heilmanns Witwe hatte Hauptkommissar Janssen nicht weitergebracht. Sie hatte am Küchentisch gesessen und den Flatcoat gekrault, genau wie neulich, als er hiergewesen war, während die Rothaarige im Keller freigelegt wurde, und apathisch vor sich hingestarrt.

„Sie hatte einen hysterischen Anfall, als wir ihr vom Tod ihres Mannes erzählten", berichtete Meier. „Daraufhin haben wir einen Arzt geholt, der ihr ein Beruhigungsmittel verabreicht hat."

Eine hochgewachsene Blondine trat in die Küche. „Frau Heilmann, Sie sollten jetzt lieber ins Bett gehen. Soll ich Sie nach oben bringen?"

Charlotte Heilmann schüttelte den Kopf und ging, den Flatcoat im Arm, nach oben.

„Wer sind Sie?", fragte Janssen.

„Das Gleiche könnte ich Sie fragen", kam die Antwort. „Aber wenn Sie es genau wissen wollen: Ich bin Dr. Silke Drews, die Ärztin."

„Hauptkommissar Janssen, ich leite die Untersuchungen." Er sah sie neugierig an. „Sie heißen Silke?"

„Ich bin aber nicht die, hinter der Sie her sind. Vor ein paar Tagen hatte ich schon Besuch von einem Ihrer Kollegen. Er war ganz enttäuscht, weil ich so gut zur Beschreibung der Gesuchten passe, aber leider stimmt der Rest nicht. Ich stamme nicht aus Hamburg, sondern aus dem Loog, also leider: Fehlanzeige." Sie strich ihr Haar zurück. „Ich verstehe, dass Sie Frau Heilmann befragen müssen, aber nicht vor morgen, bitte. Außerdem täte es ihr gut, wenn die Befragung hier stattfände, in ihrer vertrauten Umgebung. Keine Ahnung, ob Sie das so einrichten können, aber sie sollte in den nächsten Tagen unnötige Aufregungen jeder Art vermeiden."

„Ist es wirklich so viel mehr Stress, in einer Polizeistation befragt zu werden als zu Hause?"

Sie sah ihn vorwurfsvoll an. „Natürlich. Erzählen Sie mir nicht, die Leute seien immer ganz entspannt, wenn sie auf die Wache müssen. Das nehme ich Ihnen nicht ab."

„Das wollte ich auch gar nicht", grinste Janssen. „Also in Ordnung, ich werde Frau Heilmann morgen hier befragen, aber sobald Sie erlauben, muss sie dann doch zu uns kommen, damit wir das Ganze protokollieren können. In Ordnung?"

Dr. Drews nickte. „Ich sehe morgen nochmal nach Frau Heilmann und sage Ihnen dann Bescheid." Dann ging sie nach oben, um sich von ihrer Patientin zu verabschieden.

Janssen blickte auf die Uhr. Zehn Uhr dreißig, der Abend war noch jung. Er zog sein Handy aus der Tasche und wählte Marquarts Nummer. „Haben Sie eine Ahnung, wo dieser Jens Heilmann sich normalerweise herumgetrieben hat, wenn er nicht zu Hause bei seiner Frau war?"

„Ich habe ihn im *Alten Kapitän* gesehen", antwortete Leo Marquart, „an einem Spielautomaten. Warum fragen Sie ihn nicht selbst?"

„Na, raten Sie mal." Janssen klappte sein Handy zu. Eine Sekunde später bereute er das schon wieder. Diese Grippe machte ihn richtig brummig. Er tippte ein weiteres Mal Marquarts Nummer ein. „Haben Sie Lust mitzukommen?"

„In den *Alten Kapitän*? Gerne. In einer Viertelstunde?"

„Jau", sagte Janssen. „Bis dann." Ein Grog würde ihm guttun, und seiner Erkältung auch. Dann gab er seinen Kollegen Bescheid, dass sie ohne ihn weiterarbeiten sollten, während er sich auf Heilmanns Spuren machte.

Der *Alte Kapitän* war noch genauso schmutzig, wie Janssen ihn aus den Wintermonaten in Erinnerung hatte, wenn nicht noch übler. So wie es roch, war seitdem auch nicht mehr gelüftet worden, dabei sollte der Wirt sich durchaus eine ordentliche Putzfrau leisten können. Der Laden lief sichtbar gut, die Urlauber drängten sich glücklich um die schmierige Theke. Eine richtige Goldgrube. Scheinbar gab es nichts Schöneres als aus einem Bierglas zu trinken, an dem noch der Lippenabdruck des Vorgängers klebte.

Marquart war noch nicht da, deshalb kämpfte Janssen sich allein zum Tresen durch und bestellte einen Grog. „Einen steifen", fügte er hinzu. „Ich hab's nötig."

„Sieht man Ihnen an", brummte der Wirt. „Erkältung, was? Sagen Sie mal, kenne ich Sie nicht? Sie sind doch dieser Bulle, der schon mal hier war und mir Löcher in den Bauch gefragt hat, wegen der Morde damals im Winter." Seine Miene ließ keinen Zweifel daran, was er von aufdringlichen Polizisten hielt, die in seiner Kneipe erschienen, um Fragen zu stellen. Missmutig wandte er sich ab, um den Grog zuzubereiten.

Janssen sah ihm nachdenklich dabei zu. Die Frage war, wie man den Alten am ehesten knacken konnte. Wenn er dem Mann in seiner Funktion als Hauptkommissar kam, würde er sich verschließen wie eine Auster, aber den netten Saufkumpel würde er ihm schon gar nicht abnehmen.

Der freundschaftliche Schlag, den Leo Marquart ihm auf die Schulter verpasste, holte ihn in die Wirklichkeit zurück.

„Nett, dass Sie gekommen sind", begrüßte er Marquart, bevor er im Flüsterton fortfuhr. „Ich möchte nicht, dass hier die ganze Gesellschaft mithört, was passiert ist, vor allem nicht der Wirt. Wahrscheinlich können Sie sich denken, wer da vorhin gefunden wurde."

„J. H., nehme ich an", nickte Marquart. „Wie und wo?"

„Erstochen, in der Nähe des Hundeauslaufplatzes. Er war mit dem Welpen unterwegs, seine Frau war zu Hause geblieben. Leider können wir sie erst morgen befragen, sie liegt mit einem Beruhigungsmittel im Bett."

„Ist sie verdächtig?"

Janssen zuckte mit den Schultern. „Natürlich ermitteln wir immer zuerst in der Familie, wenn jemand ermordet wird, und nachdem sie sich diese Sache mit der eingemauerten Leiche erlaubt hat ... Nur weiß ich nicht, wie das alles zusammenpassen soll."

Marquart lehnte sich an die Bar. „Die Haushaltshilfe war auf jeden Fall eine Nebenbuhlerin. Zumindest dachte Charlotte Heilmann, dass ihr Mann etwas mit der Frau hatte. Es könnte also sein, dass sie Mona Seiler aus dem Weg geschafft hat. Anschließend tut sie so, als habe sie ihren Mann verdächtigt, seine Geliebte ermordet zu haben."

„Und dann bringt sie später Frau Schramm auch noch um, weil die sie bei der Tat beobachtet hat?"

Marquart schüttelte den Kopf. „Dorle Schramm hätte keinen Mord beobachtet und dann darüber still geschwiegen, das kann ich Ihnen mit Gewissheit sagen. Das passt nicht zu ihrem Charakter. Stattdessen wäre sie sofort in Begleitung der Baronin zur Polizei gerannt und hätte ihnen eine detailgenaue Porträtzeichnung des Täters auf den Tisch gelegt. Nein, wenn Charlotte Heilmann tatsächlich dahintersteckt, muss es ein anderes Motiv für den Mord an Dorle Schramm geben."

„Die verschwundene Nichte ist Frau Heilmann jedenfalls nicht, sondern waschechte Juisterin. Mit Schramms und Bremers hat sie nichts zu tun."

„Na, dann lassen Sie uns doch mal herausfinden, was Jens Heilmann in seiner Freizeit so alles trieb", murmelte Marquart mit Blick auf den zahnlosen Alten, der soeben mit dem Grog in der Hand in ihre Richtung schlurfte. „Vielleicht sollte ich das lieber übernehmen. Einen Polizisten riecht der Wirt hundert Meilen gegen den Wind."

„Das hat er bereits getan", grinste Janssen, „trotz des Miefs in dieser Bruchbude. Mich wundert sowieso, dass es Sie immer wieder hierher treibt. Es gibt doch viel nettere Kneipen auf Juist."

„Aber keine, in der man seine Ruhe hat."

‚Vor der Baronin', schätzte Janssen und nahm dankend den Grog entgegen. Hoffentlich wirkte das Zeug, aber wenn schon die Erkältung nicht wegging, würde er zumindest anständig schlafen können.

„Und Sie?" fragte der Alte mit Blick auf den Neuankömmling. „Auch'n Grog oder das Übliche?"

„Das Übliche."

Mit einem Grunzen nahm der Wirt ein Pilsglas aus dem Abtropfständer neben der Spüle und hielt es unter den Zapfhahn. „Erdnüsse dazu oder lieber ein Korn, wie beim letzten Mal?"

„Erdnüsse, bitte."

Schmunzelnd beobachtete Janssen die Szene über seinen Grog hinweg. „Anscheinend brauchen Sie oft Ihre Ruhe, Herr Marquart, wenn Ihre Vorlieben hier dermaßen bekannt sind. Sind Sie Stammgast geworden, oder was?"

„Ich hab' ein gutes Gedächtnis, das ist alles", mischte sich der Alte in die Konversation. Er schob seine Kapitänsmütze aus der Stirn. „Die Leute freuen sich, wenn man sich an sie erinnert, und kommen dann wieder. Gutes Marketing, das ist alles, außerdem vertattere ich nicht, wenn ich meinen Grips ein bisschen anstrenge. Pilseinschenken ist ja nicht gerade spannend."

Janssen klapperte mit ein paar Münzen in seiner Jackentasche. „Ich gehe mal eine Runde spielen. Mein Horoskop hat heute eine Überraschung am Abend versprochen." Das Glas Grog in der Hand, schlenderte er zum Automaten hinüber.

„Na denn man tau", sagte Marquart. Er wandte sich an den Alten. „Wissen Sie, das mit dem Jackpot neulich ging mir nicht aus dem Kopf. Sie hatten wirklich die Ruhe weg, obwohl jemand den Automaten geknackt hat. Dann ist doch Ihr ganzer Gewinn weg oder gehört das Ding einer Fremdfirma?"

„Der Spielautomat gehört mir, da hab' ich mehr davon. Er wird täglich geleert, damit nicht so viel drin ist, falls tatsächlich einer groß gewinnt, aber mal ganz ehrlich: Erstens passiert das nur alle Jubeljahre und zweitens sind die Typen dann so dumm, das Geld sofort wieder einzuwerfen. Dabei müsste jeder Trottel wissen, dass nichts mehr drinstecken kann, wenn die Kiste vorher alles Geld ausgespuckt hat." Er schob sein Stück Kautabak in die andere Backe und schenkte sich einen Klaren ein, bevor er das Pilsglas vor Marquart schob. „Den meisten fehlt sowieso der Überblick, was sie schon reingesteckt haben. Sind ja alles Münzen, nur Kleinkram, denken sie, und zack-zack sind hundert Euro weg. Im Endeffekt verliert man immer gegen die Automaten, aber was so ein richtiger Spieler ist ... Manchen ist eben nicht zu helfen."

Marquart lehnte sich interessiert über den Tresen. „Aber es gibt doch auch so was wie Anfängerglück, oder? Der Typ, der neulich den Jackpot gewonnen hat, zum Beispiel. Der hat doch bestimmt nicht mehr reingesteckt als er rausbekommen hat, so früh am Abend wie das war."

„Stimmt, an dem Abend nicht. Dann hat er brav alles wieder verspielt, was er vorher gewonnen hatte." Der Alte stieß ein kehliges Lachen aus. „Ich sag's ja, alles Idioten. Ich hätt' dem Mann den Gewinn echt gegönnt, nachdem er vorher schon Tausende in den Kasten gesteckt hat, aber wenn der die Knete unbedingt wieder einwerfen will ..."

Marquart hob sein Bierglas. „Ihr Korn geht auf mich und gleich noch ein zweiter hinterher, dafür dass Sie mich vor einem schlimmen Fehler bewahrt haben. Ich hatte glatt vor, auch mal mein Glück an einem der Dinger zu versuchen, aber wenn ich das so höre, lasse ich's lieber bleiben." In einem Zug leerte er sein Pils und drehte sich zu Janssen um, der vor dem Spielautomaten stand und gebannt die sich drehenden Zahlen beobachtete. „Was ist, möchten Sie noch einen Grog oder lieber was Kaltes?"

„Ein Jever, bitte", antwortete Janssen, ohne sich umzuwenden.

„Den hat's auch schon gepackt. So schnell kann's gehen." Marquart zwinkerte dem Wirt zu. „Ich kann's nicht fassen, was Sie mir da erzählt haben: Tausende hat der Typ in den Automaten versenkt und ich Trottel denke, was für einen super Gewinn er gemacht hat, den Jackpot! Dabei hat der nur einen Bruchteil dessen zurückgekriegt, was er investiert hat. Wie viele Monate spielt der denn schon so intensiv?"

Der Alte sah kurz vom Zapfhahn auf. „Ein halbes Jahr, schätze ich mal, aber wer weiß, ob der nicht vorher schon gespielt hat. In einer anderen Kneipe oder einer Spielhölle. Manche machen's ja auch per Internet. Richtige Spieler verwischen gern ihre Spuren, hab' ich gehört. Sie gehen mal hier hin, mal da hin, damit nicht gleich alle merken, dass sie süchtig sind." Er schob Marquarts Pils über die Bar und warf einen schiefen Blick auf Janssen. „Sagen Sie mal, was macht eigentlich Ihr Freund hier, der Kommissar? Will der wirklich nur was trinken oder kommt er gleich rüber und quetscht mich aus?"

„Wie kommen Sie denn auf die Idee?", lachte Marquart. „Polizisten wollen auch mal was trinken und dieser hier hat's besonders nötig. Ihn hat nämlich eine Erkältung erwischt, ausgerechnet während der Ermittlungen in den beiden Mordfällen. Also seien Sie nett zu ihm, er hat's verdient."

„Wenn Sie's sagen", brummte der Alte und stellte das Jever auf den Tresen. „Mir wär' lieber, er würde im Büro sitzen und die Morde aufklären, statt hier zu zocken. Ein paar meiner Stammkunden sind frühzeitig abgereist, weil sie sich auf der Insel nicht sicher fühlen, solange ein Irrer frei herumläuft." Er wandte sich einem anderen Gast zu, der etwas bestellen wollte.

In jeder Hand ein Pils, wanderte Marquart zu Janssen auf die gegenüberliegende Seite des Raums und stellte sich neben ihn vor den Spielautomaten.

„Und?", fragte Janssen, ohne den Blick vom Display zu nehmen. „Haben Sie etwas Interessantes erfahren?"

„Heilmann war ein regelmäßiger Spieler, etwa seit letztem Winter. Er hätte Tausende in den Automaten versenkt, sagt der Wirt, und vermutlich mehr in anderen Kneipen. Gewinne hat er sofort wieder verballert, es kann also kaum etwas übrig geblieben sein."

Die drehenden Walzen kamen zum Halt. „Mist, wieder nichts." Janssen drehte sich zu Marquart und nahm das Pils entgegen. „Danke. Genau, was ich jetzt brauche. Zehn Euro hat mich der Spaß gekostet, aber immerhin kennen wir jetzt Heilmanns kleines Geheimnis. Seine Frau hätte uns das bestimmt nicht auf die Nase gebunden, sondern uns das große Glück vorgespielt."

„Vielleicht weiß sie nichts davon", wandte Marquart ein. „Spielschulden kann man geschickt verschleiern, zumindest eine Weile lang, und womöglich hat Heilmann irgendwo Geld geliehen, sodass das Konto ganz normal aussieht."

„Bei einem dieser Kredithaie, meinen Sie?" Nachdenklich trank Janssen einen Schluck Bier. „Klar, da hätte es Ärger geben können, wenn Heilmann das Geld nicht zurückzahlen konnte, aber ihn gleich umbringen? Davon kriegt der Typ sein Geld nicht wieder, höchstens eine lebenslange Freiheitsstrafe, wenn wir ihm auf die Spur kommen." Er fuhr sich durch die schlohweiße Mähne. „Außerdem bin ich überzeugt davon, dass diese Morde zusammenhängen, alle drei. Der Kredithai passt nicht ins Bild, es sei denn, er wäre ein Bekannter von Silke Schramm oder Mona Seiler."

„Sie meinen jemanden wie den Ex-Zuhälter von der Schramm?"

Janssen nickte. „So etwas könnte ich mir vorstellen. Dann hätten wir also das Dreieck Heilmann – Geldgeber – Silke Schramm. Aber wie passt Mona Seiler ins Bild? Außer Kroegers kannte die doch niemanden auf Juist, von irgendwelchen Urlaubern mal abgesehen, die sie in ihrer Freizeit kennengelernt haben mag."

„Sie kannte Heilmann, zumindest habe ich die beiden mal zusammen reden sehen, während meines morgendlichen Joggens. Das müsste sogar der Tag gewesen sein, an dem sie verschwand, und Charlotte Heilmann wird auch nicht grundlos gedacht haben, dass die Tote im Keller die Geliebte ihres Mannes war. Jede Wette, dass sie die beiden auch mal zusammen beobachtet hat."

„Das könnte passen." Janssen leerte sein Glas. „So leid es mir tut, ich muss in die Koje. Morgen geht hier die Post ab, sobald sich das mit dem dritten Toten herumspricht, und ich brauche einen klaren Kopf. Bleiben Sie noch hier? Grüßen Sie die Baronin von mir und danke, dass Sie gekommen sind." Er schlug Marquart freundschaftlich auf die Schulter und wandte sich zur Tür.

46

Samstag

Der nächste Morgen brachte Hauptkommissar Janssen endlich den ersehnten klaren Kopf. Anscheinend hatte der Grog geholfen oder war es das Jever gewesen? Auf jeden Fall war die Erkältung verschwunden und er machte sich pfeifend auf den kurzen Weg zur Polizeistation. Großartige Neuigkeiten waren nicht zu erwarten, wusste er, denn sonst hätte er eine entsprechende Nachricht auf das Handy bekommen.

„Sie sind ja so fröhlich", bemerkte Kommissar Meier, sobald er durch die Tür trat. „Haben Sie was Schönes geträumt?"

„Von einem Kredithai", grinste Janssen und unterbreitete ihm, was Marquart gestern im *Alten Kapitän* über Jens Heilmann herausgefunden hatte. „Aber ob da was dran ist, sehe ich erst, wenn ich Charlotte Heilmann einen Besuch abstatte."

„Und wann ist das?"

„Jetzt", antwortete Janssen und ging zur Kaffeemaschine hinüber, „sobald ich die gestrigen Befunde gelesen habe. Ist etwa kein Zucker mehr da?"

In den vorläufigen Berichten stand nichts, was er nicht mit eigenen Augen bereits gesehen hatte. Heilmann war von hinten erstochen worden, es gab mehrere Einstichstellen und es schien kein Kampf stattgefunden zu haben. Janssen tippte darauf, dass gleich der erste Stich ihn außer Gefecht gesetzt oder zumindest stark geschwächt hatte. Das Opfer hatte auf dem Bauch gelegen, unter ihm hatte man einen kleinen Plastikbeutel gefunden, inklusive dem dazugehörigen Hundekot, ganz wie er es sich gedacht hatte. Heilmann hatte sich nach unten gebeugt, in der einen Hand die Leine, in der anderen die Plastiktüte, um den Hundehaufen einzusammeln, als der Täter zugestochen hatte.

Entgegen seiner Planung konnte Janssen sich erst am frühen Nachmittag loseisen, immer wieder waren neue Berichte und Notizen aufgetaucht, die er unbedingt lesen musste, von denen ihn aber nichts weitergebracht hatte. Noch nicht mal zum Mittagessen war er gekommen. Er erhob sich. Es war Zeit, Heilmanns Witwe einen Besuch abzustatten.

Janssen traf Charlotte Heilmann kurz vor ihrem Haus, neben sich den Flatcoat an der Flexi-Leine. Anscheinend hatte sie eine neue gekauft.

„Darf ich Sie begleiten?"

Sie nickte. „Selbstverständlich."

Eine Weile lang gingen sie schweigend nebeneinander her und schlugen dann den Weg um den Goldfischteich ein. „Es tut mir leid, dass ich gestern so durcheinander war", sagte sie schließlich. „Diese Tote im Keller war ein einziger Albtraum für mich, danach lag ich tagelang im Bett und starrte an die Decke. Mein Leben war ein Scherbenhaufen und ich hatte keine Ahnung, wie ich damit umgehen soll. Und dann war plötzlich alles wieder gut. Jens war zurück, mit dem kleinen Hund, den ich mir so gewünscht hatte, und er nahm alles Weitere in die Hand. Die Gespräche mit der Polizei und so weiter. Er hat mich beschützt und war für mich da, so wie früher, zu Beginn unserer Ehe, und jetzt das ..." Sie schluchzte. „Wie soll ich das denn allein durchstehen, die Anklage, weil ich die Tote eingemauert habe, und all das? Gerade war alles wieder schön geworden und nun wird es nie wieder so sein."

Als hätte er geahnt, dass seine Herrin traurig war, kam der Welpe zu ihr gelaufen und schmiegte sich kurz an sie, bevor er sich wieder auf Entdeckungsreise machte.

„Wenigstens habe ich den Hund."

„Wir müssen wissen, was für ein Mensch Ihr Mann war, Frau Heilmann. Was ihn interessiert hat, wer seine Freunde waren, mit wem er in letzter Zeit Kontakt hatte. Sein Handy haben wir bereits, das trug er bei sich, aber wir bräuchten auch Einsicht in seinen Computer oder Laptop sowie in seine Papiere und Unterlagen. Alles, was uns einen Hinweis geben könnte, der zum Täter führt."

„Ja, natürlich“, nickte sie. „Jens hatte keine engen Freunde. Er ging lieber auf ein Bier in die Kneipe und unterhielt sich dort mit dem einen oder anderen, den er gerade traf. Ich glaube nicht, dass Sie viele persönliche Mails mit irgendwelchen Kumpels finden.“

„Wie sieht es mit Frauen aus?“

Sie zuckte leicht zusammen, als bereite die Frage ihr Schmerz.

„Als Sie die Tote in Ihrem Haus fanden, dachten Sie sofort, das sei die Geliebte Ihres Mannes“, fuhr Janssen fort. „Was brachte Sie auf die Idee? Wegen nichts kommt man doch nicht auf so was.“

„Sie haben recht“, antwortete sie leise, „er war ein Schürzenjäger. Ständig guckte er anderen Frauen hinterher und taxierte sie von oben bis unten. Ganz deutlich, richtig peinlich war mir das manchmal. Die ersten Jahre lang blieb es beim Gucken, das redete ich mir jedenfalls ein, aber später war ich mir nicht mehr so sicher. Keine Ahnung, ob ich ihm damit Unrecht tat, aber ich habe mich mehr und mehr in die Idee hineingesteigert, dass es eine andere Frau in seinem Leben gibt. Sogar mit Trennung habe ich ihm gedroht und wollte mich im Schwarzwald ernsthaft mit dem Gedanken auseinandersetzen. Als ich Jens am Tag meiner Abfahrt mit dieser rothaarigen Haushaltshilfe der Kroegers sah, gleich vor unserem Haus, war ich davon überzeugt, dass die beiden etwas miteinander hatten. Die Art, wie er sie angeguckt und ihr dann nachgestarrt hat ...“ Sie seufzte. „Und dann lag sie tot bei uns im Keller. Was hätten Sie da gedacht?“

Janssen zuckte die Achseln. Was sollte er schon antworten? Sie hatten den Teich umrundet und gingen nun wieder zurück zu ihrem Zuhause. „Könnten wir gemeinsam die Kontoauszüge Ihres Mannes ansehen, Frau Heilmann?"

Sie sah ihn scharf an. „Die Kontoauszüge? Wieso denn das? Ich meine, was hat es mit dem Mord an Jens zu tun, wie viel wir auf dem Konto haben?"

Dr. Drews Anweisung fiel ihm wieder ein, dass er Charlotte Heilmann Aufregungen aller Art ersparen sollte, aber es war notwendig. „Wir haben Informationen, dass Ihr Mann regelmäßig gespielt hat. Er soll eine Menge Geld verloren haben."

Ihre Lippen begannen zu zittern. „Hören Sie, mein Mann ist tot und kann sich nicht mehr verteidigen. Ich verspreche Ihnen, dass er nie, *niemals*, gespielt hat. Wann soll er das denn gemacht haben und mit welchem Geld?" Sie beschleunigte ihre Schritte, der Welpe sprang unbekümmert neben ihr her.

Janssen beobachtete Charlotte verstohlen von der Seite, die zusammengepressten Lippen, den entschlossenen Ausdruck. Sie wollte nach Hause, ihn Lügen strafen, obwohl sie die Wahrheit längst ahnte. Ihr Mann war nicht der gewesen, für den sie ihn gehalten hatte. Er seufzte. Manchmal ging das Leben einfach nicht ohne Aufregung ab.

47

Das Handy klingelte.

„Was gibt's?", fragte Janssen, der gerade auf dem Weg zurück in den Ort war.

„Das wollte ich Sie fragen", antwortete Marquart. „Irgendwelche Neuigkeiten zum Thema Kredithai?"

„Fehlanzeige, da ist kein Geldgeber. Heilmann hat sich nicht mal die Mühe gemacht, das abgeräumte Konto aufzufüllen, um den Schein zu wahren. War wahrscheinlich auch nicht nötig. Sie hätte sich nie um die Bankauszüge gekümmert, sagt die Ehefrau, das war seine Aufgabe."

„Die Baronin und ich sitzen gerade im Café am Kurplatz auf der Terrasse, möchten Sie dazukommen oder sind Sie auf Mörderjagd?"

„Beides", antwortete Janssen. „Ich würde gern und habe eigentlich keine Zeit. Aber da ich seit dem Frühstück nichts mehr zwischen die Zähne gekriegt habe, mache ich es einfach. In fünf Minuten bin ich da. Bestellen Sie schon mal einen Kaffee und ein Stück Kuchen für mich. Nein, lieber gleich zwei. Irgendwas mit Obst."

Als Janssen im Café ankam, stellte die Bedienung gerade den Kaffee auf den Tisch. „Der Kuchen kommt sofort", flötete sie und verschwand wieder nach drinnen.

„Dieser Fall macht mich fertig." Janssen sank auf den Stuhl zwischen Leo Marquart und der Baronin. „Mona Seiler ist immer noch nicht identifiziert, auch die Hinweise aus der Bevölkerung bringen uns nicht weiter. Wir haben jetzt die Nachforschungen auf sämtliche vermisste Frauen in der Altersgruppe ausgedehnt, egal wie sie heißen, aber selbst hier sieht es ziemlich schwarz aus."

„Bitte sehr, die Erdbeertörtchen." Schwungvoll stellte die Bedienung den Teller vor Janssen. „Wenn Sie Schlagsahne möchten, bringe ich sie noch separat."

„Vielen Dank, das ist nicht nötig."

Mit freundlichem Lächeln eilte sie zum Nebentisch, um bei dem Pärchen dort abzukassieren.

„Ich hoffe, Sie mögen Erdbeeren", sagte die Baronin. „Diese Törtchen sahen gestern auf Lily Kroegers Teller so appetitlich aus, dass ..." Mitten im Satz hielt sie inne und starrte Marquart mit weit aufgerissenen Augen an. „Mein Gott, Herr Marquart, wenn Lily Kroeger gestern Erdbeertörtchen gegessen hat, muss das doch heißen ..."

Marquart sog scharf die Luft ein. Nun dämmerte es auch ihm. Er wandte sich an Janssen. „Lily Kroeger hatte eine Zwillingsschwester, beide sind hochgradig allergisch gegen Erdbeeren; die Zwillingsschwester ist daran gestorben. Dass sie jetzt Erdbeerkuchen isst, kann eigentlich nur bedeuten, dass sie gar nicht Lily Kroeger ist."

Janssens Kinnlade klappte herunter. „Sie meinen, die zwei sind ausgetauscht?", fragte er, als er sich wieder gefangen hatte. „Die Rothaarige aus dem Keller war gar nicht die Haushälterin, sondern Lily Kroeger? Mich laust der Affe! So ein Austausch wäre wirklich einfach genug gewesen, nachdem Lily Kroeger sich immer in ihrem Zimmer einschloss. Niemand auf Juist hatte sie je zu Gesicht bekommen und kaum ist sie tot, übernimmt dann die Haushälterin ihre Rolle. Jede Wette, dass das diese vermaledeite Silke Schramm ist."

„Gut möglich", nickte Marquart. „Spielen wir das doch mal durch: Kroeger und Silke Schramm sind hinter Lily Kroegers Geld her. Die hat nämlich nicht nur selbst Geld wie Heu, sondern wird auch bald noch ihre alte Tante beerben. Also heiratet er sie, lotst sie nach

Juist und schleust Silke Schramm als Haushilfe namens Mona Seiler ein. Wahrscheinlich hat sie eine rote Perücke getragen."

„Mit getürkten Papieren, um die Polizei in die Irre zu führen", murmelte Janssen.

„Dann bringen sie Lily Kroeger um, melden die Haushaltshilfe vermisst und fahren als Ehepaar Kroeger an die Algarve – und ab jetzt tritt Silke Schramm als blonde Ehefrau auf, der es plötzlich viel besser geht."

„Aber Frau Claasen hätte das doch merken müssen", wandte die Baronin ein.

Marquart schüttelte den Kopf. „Bei Frau Claasens Ankunft auf der Insel waren die beiden gar nicht mehr da und bei ihrer Abfahrt tauchte Lily mit Sonnenbrille und riesigem Strohhut auf. Sie hat auch höchstens zwei Worte gesprochen, wenn ich mich richtig erinnere. Bei dem schlechtem Gehör der alten Dame, und mit ihrer Augenkrankheit, konnte Silke Schramm damit rechnen, als Lily Kroeger durchzugehen."

„Stimmt", sagte die Baronin, „so muss es gewesen sein. Frau Claasen sagte noch, wie intensiv Lily nach ihrem Lieblingsparfum duftete. Wahrscheinlich hat sie ihre vermeintliche Nichte mehr am Geruch erkannt als am Aussehen, und außerdem sind beide Frauen blond und schlank."

Janssen stippte die letzten Kuchenkrümel vom Teller. „Ihre Freundin Dorle muss Silke Schramm am Kurplatz gesehen haben, als die in ihrer Rolle als Lily Kroeger durch die Straßen ging. Dass Silkes Tante hier war und sie wiedererkannt hatte, brachte den ganzen Plan ins Wanken, also musste Dorle Schramm aus dem Weg geschafft werden. Ich nehme an, dass Hannes Kroeger das übernommen hat. Er war der Mann, den der Barkeeper später mit ihr am Strand gesehen hat."

„Schrecklich." In den Augen der Baronin schwammen Tränen. Sie holte ein Taschentuch aus ihrer Handtasche und tupfte sich die Augen.

„Aber was hat Heilmann mit der Sache zu tun? Der passt nicht ins Bild." Nachdenklich strich Janssen sich übers Kinn. „Bei den Spielschulden, die der Mann hatte, ist es am wahrscheinlichsten, dass er die beiden erpresst hat. Aber wie und wann? Charlotte Heilmann sagte mir, dass ihr Mann und sie seit seiner Rückkehr sozusagen non-stop zusammengewesen seien, mit Ausnahme von gestern Nachmittag, wo Heilmann für einen guten Zweck sammelte, und dann abends auf seinem Spaziergang mit dem Hund. Charlotte Heilmann bemerkte sogar noch, wie froh sie sei, den Kroegers bisher nicht begegnet zu sein, weil es ihr so unangenehm war, deren tote Haushaltshilfe eingemauert zu haben."

„Gestern beim Geldsammeln", sagte Marquart mit Blick auf die Baronin, „erinnern Sie sich noch? Heilmann kam an den Tisch und warf Lily Kroeger einen mehr als langen Blick zu."

Die Baronin nickte. „Natürlich erinnere ich mich. Die Arme wurde ganz nervös. Aber wenn das gar nicht Lily Kroeger war, hatte sie womöglich Angst, er könne sie wiedererkennen. Oder kannte Jens Heilmann die Haushaltshilfe gar nicht?"

„Doch, ich habe die beiden zusammen gesehen, morgens beim Joggen. Sie führte gerade den Hund aus."

„Gesetzt den Fall, Heilmann hat Lily Kroeger gestern im Café tatsächlich als Mona Seiler wiedererkannt", sagte Janssen. „Hat er etwas Entsprechendes gesagt? Hat er Geld erwähnt oder einen Treffpunkt, wenn auch nur im weitesten Sinn?“

„Na ja, er sagte tatsächlich so was“, erinnerte sich die Baronin. „Seine Frau habe so lange um den teuren Hund gebettelt, bis er ihn gekauft habe. Wenn man in Frieden leben wolle, dürfe man nicht diskutieren, sondern müsse zahlen, sagte er, oder so ähnlich. Ach so, und dass sie sich sicher bald auf einem Spaziergang mit den Hunden treffen würden.“

Janssen nickte. „Das muss es gewesen sein. Gut verschlüsselt für die anderen, aber die beiden wussten Bescheid. Ein echter Idiot, dieser Heilmann, ausgerechnet bei einem Mörderpärchen abkassieren zu wollen. Ob er im Ernst geglaubt hat, die würden seine finanziellen Sorgen beenden und zahlen?“ Nachdenklich klapperte er mit dem Kaffeelöffel auf den Rand der Untertasse. „Ich frage mich nur, warum sie die tote Lily Kroeger ausgerechnet bei Heilmann in den Keller gelegt haben. Damals konnten sie doch nicht wissen, dass der ihnen später auf die Schliche kommen und sie erpressen würde.“

„Kroeger wusste aber, dass Heilmann wegfahren wollte, um in Abwesenheit seiner Frau den Flatcoat zu besorgen“, sagte Marquart. „Wir waren gemeinsam im *Alten Kapitän*; Heilmann, Kroeger und ich, am Abend, an dem Heilmann den Jackpot gewann.“

„Und woher wussten Kroegers, dass die Kellertür offen stand?“

„Das hat Jens Heilmann im *Frischemarkt* herumgetönt“, erklärte die Baronin. „Dorle und ich standen genau hinter ihm und er telefonierte dermaßen laut mit dem Getränkeservice, dass der ganze Laden mithören konnte: dass die Kellertür offen sei, wie gewöhnlich, und sie sollten einfach reingehen und die Kisten abstellen. Hannes Kroeger war damals auch dort."

Marquart schnalzte mit der Zunge. „Ich kann mich natürlich irren, aber ich glaube, ich habe sogar beobachtet, wie die beiden die Tote zu den Heilmanns geschafft haben. Am Sonntagabend war das, am Tag bevor sie an die Algarve fuhren, in der Karl-Wagner-Straße. Ich kam von einer dieser Strandpartys wieder und sah etwas entfernt zwei Leute vor mir, die ihren betrunkenen Freund nach Hause brachten."

„Sie meinen, das war gar kein Betrunkener, sondern die tote Lily Kroeger?" Die Baronin schüttelte traurig den Kopf. „Dass es so viel Bosheit in der Welt gibt, unglaublich. Aber vielleicht stimmt die Theorie überhaupt nicht, oder? Bisher ist das doch nur reine Spekulation, vielleicht sind Kroegers völlig unschuldig."

„Glauben Sie das im Ernst", fragte Janssen, „nachdem alles dermaßen passt und jedes Puzzlesteinchen an seinen richtigen Platz fällt und nachdem eine Frau, die hochgradig gegen Erdbeeren allergisch ist, plötzlich Erdbeertörtchen verspeist?"

„Sie haben recht, das wäre wirklich zu viel Zufall. Auch, dass sie plötzlich mit Fremden durch die Nacht feiert, wie im *Backborder Hof,* nachdem sie jahrelang so depressiv war ..."

„Aber wie wollen Sie Ihren Verdacht nachweisen?", erkundigte sich Marquart. „Sie haben doch keine Fingerabdrücke von Silke Schramm, die sie mit denen von Lily Kroeger vergleichen könnten, und die DNA aus dem Zimmer der Haushälterin stimmt mit der der Toten überein. Ich nehme an, die Kroegers haben Ihnen einfach ein falsches Zimmer gezeigt. Das, in dem Lily Kroeger gewohnt hat."

„Das fürchte ich auch", nickte Janssen. „Kein Wunder, dass die DNA, die wir dort fanden, zu der DNA der Toten passt."

„Wie stellen Sie sich den Nachweis also vor? Die Kroegers müssen nur standhaft leugnen und Sie haben keine Möglichkeit nachzuweisen, dass Lily Kroeger gar nicht Lily Kroeger ist. Die alte Frau Claasen hat sie als ihre Nichte wiedererkannt, als sie sie im Hafen traf, der ehemalige Hausarzt ist tot und Hannes Kroeger wird bezeugen, dass das genau die Frau ist, die er seit seiner Kindheit kennt und geheiratet hat. Da sie sich jahrelang in ihrer Hamburger Villa verbarrikadiert hat, kennt sie sonst niemand."

„Frau Claasen hat bald ihre Augenoperation", bemerkte die Baronin. „Spätestens dann müsste sie doch erkennen, dass diese Frau nicht die richtige Lily ist."

„So lange kann ich nicht warten", sagte Janssen, „und wer sagt denn, dass die Operation ein Erfolg wird? Außerdem müsste Silke Schramm nur Kopfweh vorschützen oder einen Rückschlag in der Therapie, um eine Begegnung mit Frau Claasen zu vermeiden. Sie schließt sich unter dem Vorwand einer starken Depression in ihr Zimmer ein, und das war's. Außerdem, wer bereits drei Menschen auf dem Gewissen hat, schreckt vor einer alten Dame auch nicht mehr zurück." Er trommelte mit den Fingerspitzen auf die Tischplatte. „Nein, wir müssen die beiden irgendwie anders entlarven, falls sich das Ganze überhaupt so abgespielt hat. Ich will gar nicht daran denken, was passiert, wenn wir uns irren und die Kroegers fälschlich verdächtigen."

„Wir könnten Familie Bremer fragen, ob sie uns helfen, ihre Tochter zu identifizieren", schlug die Baronin vor. „Aber ob sie da mitmachen?"

Janssen machte eine abwehrende Handbewegung. „Kaum. Die fanden es schon hochnotpeinlich, dass die Polizei bei ihnen war, nachdem Silke damals wegen Diebstahls angezeigt wurde. Das geht ihnen heute noch nach. Auch bei unserer Befragung wegen des Mordes an Dorle Schramm waren sie höchst unkooperativ und wollten meine Kollegen schnellstmöglich wieder loswerden. Sie sind total auf ihren Ruf bedacht. Wenn die Polizei jetzt wieder zu ihnen kommt, spricht es sich in Windeseile im Viertel herum, dass ihre Tochter in einen Mordfall verwickelt ist. Jede Wette, dass sie ablehnen, uns zu helfen, aber keine Sorge." Er grinste. „Ich habe eine viel bessere Idee."

48

Janssen sah auf seine Armbanduhr. Zwanzig Uhr zehn, die ideale Zeit für einen kleinen Überraschungsbesuch. Er drückte auf den Klingelknopf.

Hannes Kroeger öffnete die Tür. „Nanu, Hauptkommissar Janssen. Kommen Sie doch herein und Ihre Kollegen natürlich auch."

„Verzeihung, dass wir Sie so spät noch stören", sagte Janssen. „Es dauert bloß einen Moment, wir haben nur eine Frage an Ihre Frau und Sie. Wäre es möglich, ein kurzes Wort mit Ihnen beiden zu sprechen?“

„Selbstverständlich.“ Kroeger führte sie in Richtung Wohnzimmer. Am Treppenabsatz machte er Halt und rief nach oben. „Lily, Schatz, kommst du bitte mal? Hauptkommissar Janssen möchte uns noch ein paar Fragen stellen.“ Ohne ihre Antwort abzuwarten, ging er ins Wohnzimmer und schaltete das Fernsehen aus, in dem gerade die Nachrichten übertragen wurden. „Möchten Sie etwas trinken? Einen Cognac vielleicht, oder einen Whisky?“

„Danke nein, wir sind im Dienst.“

„Wie gut, dass das nicht für mich gilt“, lachte Kroeger. Er ging zu einem niedrigen Tisch hinüber, auf dem eine Auswahl an Flaschen und Gläsern stand, und griff zu einer Flasche Johnnie Walker. In diesem Moment öffnete sich die Tür und Lily Kroeger trat ein.

„Welche Überraschung, Hauptkommissar Janssen“, sagte sie und streckte ihm lächelnd die Hand entgegen. „Schön, dass Sie vorbeikommen.“ Dann wandte sie sich an seine Kollegen. Ihr Lächeln erstarb.

„Hallo Silke“, grinste Harry Michalsky. „Lange nicht gesehen.“

Sie starrte ihn mit weit aufgerissenen Augen an, in denen sich zunächst Überraschung, dann Panik widerspiegelte. Mit bebenden Lippen stolperte sie zwei Schritte zurück, fing sich wieder und rannte aus dem Zimmer, gefolgt von beiden Polizisten sowie Hannes Kroeger, der die Szene verdattert verfolgt hatte, die Whiskyflasche in der Hand.

Janssen hatte keine Ahnung, wo die Waffe herkam, die Silke Schramm plötzlich in der Hand hielt.

„Keine Bewegung und Hände hoch", zischte sie und ging rückwärts auf die Haustür zu, wobei sie die Polizisten nicht aus den Augen ließ. „Ich schwöre Ihnen, wenn Sie mir folgen, knalle ich Sie ab."

Wo war die scheue Lily Kroeger geblieben, die Silke bis eben noch verkörpert hatte? Janssen starrte in die schwarze Mündung, die in seine Richtung zielte. Wie geheißen, hob er die Hände. Neben ihm tat Meier dasselbe.

„Mach keinen Scheiß, Liebling", brüllte Kroeger. „Um Gottes Willen, leg die Waffe weg." Er rannte auf sie zu, um ihr den Revolver abzunehmen. Diesen Moment nutzten Janssen und Meier, ebenfalls auf sie zuzustürzen. Wie ein gejagtes Tier blickte Silke von einem zum anderen.

Dann drückte sie ab.

49

Sie standen am Hafen und warteten auf die Fähre; Janssen, die Baronin, Marquart und der Flatcoat. Ein Stück weiter weg, bei den Gepäckwagen, unterhielt Kommissar Wilkens sich mit den Kollegen der Auricher Tatorttruppe.

„Wird Kroeger überleben?", fragte die Baronin, neben der eine Reisentasche stand.

Janssen, ebenfalls mit Koffer, zuckte die Schultern. „Er scheint außer Lebensgefahr zu sein. Aber sobald er wiederhergestellt ist, geht's bis zum Prozess erstmal in Haft, und anschließend ... Ich nehme an, dass die beiden Turteltauben für sehr lange Zeit hinter Schloss und Riegel bleiben."

„Unglaublich, dass die zwei die Sache tatsächlich so durchgezogen haben, wie wir uns das dachten. Ich kann es immer noch nicht fassen, sogar mit dem vertauschten Zimmer hatten Sie recht."

Janssen verzog den Mund. „Mir hätte im Bericht der Spurensuche auffallen müssen, dass auch ein paar blonde Haare mit der DNA der Toten in dem Zimmer gefunden worden waren. Die Haushaltshilfe war bereits bei der Ankunft auf Juist rothaarig gewesen, von der konnten sie also nicht stammen. Blieb die einzige Blondine, die noch in dem Haus wohnte: Lily Kroeger. Da hätte ich kapieren müssen, dass die Tote im Keller gar nicht die Haushälterin war, sondern Kroegers Ehefrau."

„Machen Sie sich deshalb keinen Kopf", sagte Marquart. „Der Fall ist geklärt, verbuchen Sie ihn also als Erfolg. Hätte einer Ihrer Kollegen gemerkt, dass Lily Kroeger Erdbeeren isst, hätten Sie keine Sekunde Schlaf darüber verloren – Sie knabbern nur an der Auflösung, weil die Baronin keine Polizistin ist. Außerdem war es Ihre Idee, Silke Schramms ehemaligen Boss einfliegen zu lassen – ohne das hätte sie nie die Fassung verloren und sich verraten." Er kraulte den Hund hinter den Ohren. „Entschuldigen Sie mich einen Moment, ich sehe da gerade eine Bekannte, die mir ein paar gute Tipps für meinen nächsten Roman gegeben hat."

Janssen sah ihm nach, wie er, den Hund an der Leine, zu einem Pärchen hinüberging und die beiden ansprach. Die Frau schien sichtlich erfreut, ihn wiederzusehen, war aber offensichtlich vergeben. Schade, eigentlich, aber was scherte ihn Marquarts Liebesleben? Außerdem hatte der ihm gestern Abend beim Abschiedsbier im *Alten Kapitän* dermaßen von einer gewissen Laura vorgeschwärmt ...

„Stimmt", wandte er sich an die Baronin. „Wenn Wilkens oder Meier mich auf die Sache mit den Erdbeeren aufmerksam gemacht hätten, hätte ich das als Polizeiarbeit betrachtet, aber da der Tipp nicht von einem Kollegen kam, fuchst es mich. Noch einmal vielen Dank für Ihre Mithilfe. Ohne Sie würde ich immer noch hier sitzen und grübeln, wer der Mörder ist." Er deutete auf die Hafeneinfahrt. „Sehen Sie mal, da kommt das Schiff. Zeit, das Gepäck abzugeben."

Gemeinsam schlenderten sie zu den Gepäckwagen hinüber; die Baronin mit ihrer Reisetasche, Janssen rollte den Koffer hinter sich her. „Es ist nett von Ihnen, Frau Claasen für eine Weile zu besuchen", sagte er. „Das Ganze war ein ziemlicher Schock für sie. Sie hat ihre Nichte sehr geliebt."

„Gottlob hat Herr Marquart nichts dagegen, ein paar Wochen allein zu sein. So kann ich Frau Claasen in Ruhe helfen, die Beerdigung zu organisieren, und sie bei ihrer Augenoperation begleiten. Hoffentlich kann ich sie überreden, anschließend mit mir nach Juist zu kommen. Hier wäre sie in meiner Nähe, denn sie hat sonst niemanden mehr – aber ob sie überhaupt nochmal in dieses Haus will, nachdem Lily dort ermordet wurde ...?"

„Versuchen Sie's trotzdem. In ihrer Hamburger Wohnung war Lily auch öfters mal, und hat Frau Claasen dort nicht sogar Hannes Kroeger mit ihr zusammengebracht? Letztendlich kann sie der Erinnerung nicht aus dem Weg gehen."

„Sie haben recht." Schwungvoll setzte die Baronin ihre Tasche auf dem Wagen ab. „Juist birgt sonst nur schöne Erinnerungen für sie: Lily vor ihrer Krankheit, Hannes Kroeger als Kind, dessen Eltern, mit denen sie befreundet war ... Ich hoffe wirklich, Frau Claasen wird sich für ein Leben auf der Insel entscheiden."

„Herr Marquart nimmt den Hund, höre ich. Schönes Tier, die Rasse soll aber reichlich haaren."

„Das macht nichts", lächelte sie. „Nach oben in die Schlafzimmer darf er nicht und unten im Haus ist Parkett, das ist schnell gesaugt. Außerdem wird Herrn Marquart auf diese Weise nicht langweilig, solange ich fort bin."

Kritisch sah Janssen zu Marquart hinüber, der ganz und gar nicht den Eindruck erweckte, als ob er sich in ihrer Abwesenheit langweilen würde. Mit ausgebreiteten Armen stand er in der Menge, ein breites Grinsen im Gesicht, und strahlte die Brünette an, die ihm förmlich entgegenflog. Der Kuss, der folgte, war geradezu filmreif. Janssen lächelte. Laura war wieder da.

Wirklich schade, die beiden jetzt unterbrechen zu müssen.

Danksagung

Mit ganz herzlichem Dank an alle, die dieses Buch möglich gemacht haben, insbesondere an Christian, meinen Mann, und die netten Kellner im *Starbucks*.

Ein besonderes Dankeschön geht an meine mörderischen Schwestern. Ob es um Mord und Totschlag oder um Übersetzungen ins Schwäbische geht, auf die Mädels ist Verlass!

Herr Koch, der reizende Inhaber der Juister *Buchhandlung Koch,* stand mir bei allen Fragen zum Thema ‚Juist' hilfreich zur Seite. Tausend Dank von Insel zu Insel!

Tod in den Dünen

von Bettina von Cossel

Ganz Juist steckt im Cluedo-Fieber. Beim bevorstehenden Festival dreht sich alles um das bekannte Mörder-Ratespiel. Könnte es deshalb sein, dass Buddel Hansen sich den Toten nur eingebildet hat, den er nachts in einem Hotel gesehen haben will? Krimiautor Leo Marquart lässt die Sache keine Ruhe. Ist es wirklich Zufall, dass die Hotelgäste eine merkwürdige Ähnlichkeit zu den sechs Verdächtigen aus dem Cluedo-Spiel haben? Und wo ist der verschwundene Tote? Plötzlich liegt eine Leiche in der Küche. Bettina von Cossel garantiert einmal mehr atmosphärische Spannung und beste Krimiunterhaltung in der Tradition von Agatha Christie.

Leo Marquarts erster Fall.

200 Seiten, Euro 9,80

ISBN: 978-3-939540-34-2

Im M(N)orden was Neues

Alexa Stein (Hrsg.)

Dachten auch Sie, der Norden sei eine leicht unterkühlte und hanseatisch zurückhaltende Region? Dann sollten Sie den Norden von seiner mörderischen Seite kennenlernen. Flaches, von Deichen gesäumtes Land, die stürmische Nord- und Ostsee, alte Hansestädte wie Bremen oder Hamburg, das Ammerland mit seiner inspirierenden Weite, die Messestadt Hannover ... alles Orte, die wie geschaffen sind für die Aktivitäten der Mörderischen Schwestern.
Passen Sie also gut auf sich das! Das Grauen lauert überall und – Morde sind eine ernste Sache. Eine todernste!

Kurzkrimis aus: Arpen, Baltrum, Bremen, Bremerhaven, Hamburg, Hannover, Hameln, Hildesheim, Hooksiel, Oldenburg, Osnabrück, Pattensen, Wilhelmshaven, Winsen.

224 Seiten, 11,90 Euro
ISBN: 978-3-939540-33-5

Ein Engel kommt selten allein

von Gudrun Wilhems

Eine junge Journalistin und zwei Männer in reiferen Jahren.
Dazu die Toskana, Land der Sehnsucht . . .
Sie wissen schon, wie's ausgeht?
Seien Sie sich nicht so sicher.
Das Leben ist voller Überraschungen!
„Ein Engel kommt selten allein" ist ein Buch für alle Sinne, ein Buch für alle Jahreszeiten.
In den Reisemonaten verstärkt es das Fernweh.
Im Winter bringt es die Wärme des Südens zurück.
Der Anhang liefert die Rezepte der Spezialitäten, die im Buch serviert werden.
So haben Sie gleich zweimal Toskana, wenn Sie möchten:
Im Kopf und auf dem Teller!

240 Seiten, Euro 9,80
ISBN: 978-3-939540-24-3